U0068486

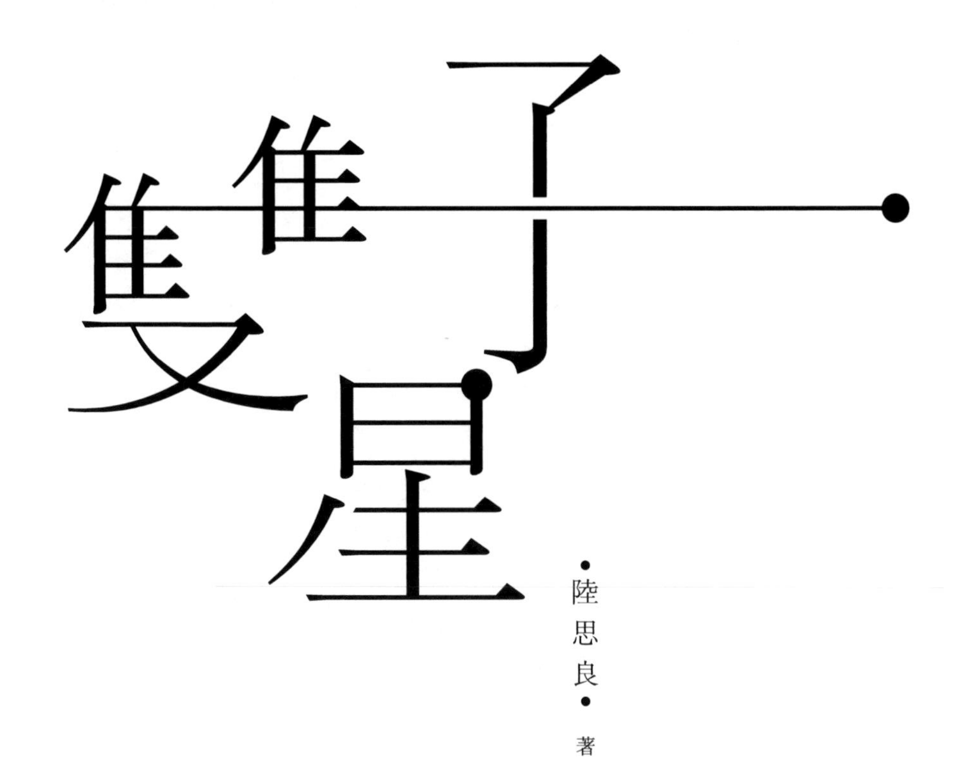
雙子星
・陸思良・
著

自序

「原來一直以為，這個民族在很大程度上是以這條河，這種急流的方式生存著。現在懂了，更真切的，它是以羊皮筏子的方式生存著。」

——引自〈黃河上游・二、羊皮筏子〉

這本集子包含有機配對的兩部分。

第一部分「非遊記」裡的散文隨筆，都在新加坡報章雜誌和海外刊物發表過。特意強調「非遊記」，是因為，雖然描寫對象多為各處景物，但它們不是作者周遊全球地域而即興紀實的流水帳，或者流於表面俗套的感想經，更不是洋洋灑灑的「文化苦旅」，它們只是一個熱愛思考的孤獨漂泊者觸景生情所產生、所記錄的「短暫而綿長的思緒火花」。

第一輯「梧桐舊枝」裡的作品是早年發表的，多為章式裁節的短小篇幅。第二輯「杜鵑新音」是近年發表的相對來說篇幅較長的作品，所為闡述觀點需要意思到家，但也自有它們抒發取捨的分寸，儘量做到，意蘊內涵接續地氣。

第二部分「非樂評」是為《聯合早報》撰寫的專欄文章，僅涉及對於古典音樂的各種側面感受，興之所至，泛泛而談，可以視之為一種市井氛圍內的精神漫遊。

個人認為，散文在文種定義上已經「散」了，那麼形式上、意味上就更要注重精悍洗練。誠然，久而久之在約束制衡的寫作實踐中提煉和推敲文字，是知性和情趣上的修為過程。

由完成這本集子內文章的寫作，而經常考慮的問題是：作為一個從中國上海移居新加坡逾三十年的海外客，長期進行「島嶼式的孤單寫作」，其前前後後的作品／成果會展現出何種與大陸／國內主流作家不同質的樣貌和理念？又與新加坡本地的華文（中文）寫作有怎樣的聯繫和區別？

另外，也時時不安地捫心自問兼自我鞭策：作為一個中國恢復高考後首屆名牌大學培養的理工男，然後在號稱「第一世界」的城市國家的高科技私企打工幾十載，這類「技術型」票友的書寫經營，其思想和文采能夠達到何種程度，乃至何種高度？

誠懇期待關心的編者和讀者給予中肯有益的評價和批評。

目次

第一部分　非遊記

第一輯　梧桐舊枝

第二輯　杜鵑新音

第二部分　非樂評

第三輯　古典插座

補遺

非 遊 記

第一部分

第一輯　梧桐舊枝

黃河上游

一、木槳和魚骨架

風刮過亂糟糟但平靜如蠻荒的河岸。

我在風中沿著這片蒼涼的沙灘搜尋，想要找到一支舊木槳什麼的，以證明河對歷史曾經有過的推動力。

結果，我什麼也沒有找到，除了偶然發現的一副白森森的魚的骨架。

我把魚骨架揀在手裡，抖落掉上面的砂土。魚骨架十分扎手。

它太具備形象了，所以扎手。

我坐下，坐在黃河上游的河灘上，仔仔細細地端詳這副魚骨架。我不由得想，我要追溯的歷史上那些也許有過的波瀾壯闊的故事，經過風一樣迅捷的過程，就演變到了我眼前這個沒有半點血肉，卻又保持了形象的結尾。

還是，其實根本就不需要什麼演變。

因為——如果這副還粘著一些砂粒，冰冷冰冷的魚骨架是一個天然的暗示的話，我可以據此推斷——愈是大的故事，愈是從一開始就完全沒有任何細節支持。

我坐著，坐在黃河上游的沙灘上，風繼續在刮。

大的故事深入我心中。

沒有細節，所以它們始終扎痛了人類。

二、羊皮筏子

筏夫們並沒有哼一聲號子，羊皮筏子轉瞬間卻載著他們生命中全部的聲音去遠了……

在黃河上游的這段洶湧澎湃的急流裡，羊皮筏子輕巧自如地向我們展示了一種高超無比的「渡」。

原來一直以為，這個民族在很大程度上是以這條河，這種急流的方式生存著。

現在懂了，更真切的，它是以羊皮筏子的方式生存著。

（《聯合早報》副刊「文藝城」1996年12月）

城市中的迷你哲學

一、腳手架

建築業在這座城市裡正熱門。每座新建築的出現都少不了腳手架的搭和拆。

於是，有一天甲說：「腳手架是一具表證，它所擁有的形象和高度永遠是暫時的。」

乙接著分析道：「正因為它懂得隨時隨地放棄它所擁有的一切，它才最終超越了自身，成為了永恆意義上的腳手架。」

第三個人不喜歡說話，只是嘟噥：「難道那種放棄不是被迫的嗎？」

看來，這年代深刻貼切的話語都來自嘟噥。我們的確不能忽略乃至故意抹殺整個人類社會的被迫處境。

討論任何一種高尚行為時，如果否認其中的被迫因素，那其實是在貶低這種行為。

二、Bus站斷想

我站在一個bus站等車。

我正站立在一個介於起點和終點之間的停靠站等待——生命支撐著起點和終點，陡然想要和命運平分什麼。

從起點到終點，再從終點到起點，bus在這座城市中做周而復始的類似圓周運動，想起來，bus站就處在這圓周上。

記得中學裡學過一條幾何學的定理，任何一條貫穿於圓的直徑都平分這個圓。

所以，如果我們的生命真的想要和命運平分什麼，那麼當我們告別bus站，走向未來的時候，就應該找到並遵循一條「直徑」，貫穿整個生活。

三、登船臺

登臨高高的船臺，我突然不得不重視內心的自白：我不是在船臺上建造自我的。

是的，我沒有在船臺上按照某種圖紙規格被像模像樣地造出來，我沒有正式地下過水，我是指「正式的」，我沒有經歷過隆重的剪綵和有紀念意義的首航式，我甚至都還沒有遠航過，沒有，都沒有。

可是，我仍然自始至終擔任了我自己的船長。

（《赤道風》1997年5月第36期）

黃山六題

一、飛來石

飛來石是黃山遊客趨之若鶩的著名景點。

它是一塊大石頭，更確切地說是一座小山峰，突兀地陡立於光禿險峻的群岩之上。

遠遠地從側面望過去，天際襯托著它，圓溜溜的，像極一顆失敗了的英雄的頭顱，擱在歷史的高處，經受大自然的長期風化。

它的搖搖欲墜很驚心動魄。景點的介紹上說，飛來石同下面的岩石群實際的接觸面積只有幾個平方釐米，大約相當於兩三個硬幣的大小。而且這幾個平方釐米的接觸面積不是分散的，而是集中在一「點」上。要知道，它本身的重量少說也有十數噸，想想真是不可思議！是什麼樣的巧合使它立於不倒？面對如此凌駕於感觀的巧合，頓時覺得大學裡啃過的所有力學課程不啃也罷。哪位力學家說過的：「上帝創造了少數幾條力學公理，其他一切都是無足輕重的。」

那幾平方釐米就是飛來石的全部的歸宿。

我們又能不能在整個的生命過程中找尋到這樣的幾平方釐米呢？

（《赤道風》1995年10月第31期）

二、史前的巨蛋

我是在那年夏天去的黃山。那時節黃山地區有很長一段時間雨水不多，造成大部分溪流瀑布供水不足的現象。處於前山山門口的桃花溪也就沒有像往年這個季節那樣漲滿夏洪，而是只有涓涓細流在溪底淺淺地叮咚。

我站在「名家橋」上，探頭往桃花溪望去，一眼就看見有一些整塊巨大無比的石頭斷然裸露在細弱的溪流處。

「整塊」的含義，是說它們並非由許多小的石頭組成，而是渾然一體的的確確原原本本的整體。真的，這樣完整和一絲不苟的「大」實在太突出了，大到足以一下子壓垮人的自我意識。

禁不住從橋上下來，伸腳踏入淺溪，怯怯地走近前去。在近距離與人們的觀察企圖對峙時，它們有一副從容不迫的神祕面相。我直感到它們那光滑的、強硬的體積活像是某一場與世紀起源有關的天文事變所遺留下來的殘骸。難怪後來聽到有人形象地稱它們為「史前的巨蛋」。

這些石頭到底是從哪兒來的？地質學家取了石頭的樣品進行了分析，結果說明它們的年齡恐怕要比黃山本身還要老！地質學的推測認為是億萬年前比造山運動還要早的地殼運動偶然造就了這些巨型而又有點孤獨的奇蹟。不管怎樣，有一點可以肯定，在它們誕生和存在的很長很長一段歷史過程中，地球上還根本沒有任何生物（尤其也還沒有微生物如細菌、病毒等）。經歷過那麼漫長、那麼絕對的曠世死寂，它們對天地混沌才有了一種雙重的超然的領悟——既擁有藐視一切生物和進化規則的冷漠和崇高，又獲得了真正意義上的「蛋」所具備的孕育和產生一切生機的力量和內涵。

史前的巨蛋。

望著它們，彷彿望著一尊尊在我們成為生靈之前，在所有的生物成為生靈之前的那個世界裡萬物的精神和非精神圖騰。當然，望著它們，也會由衷地讚歎生命其實是很純粹的。

（《赤道風》1996年1月第32期）

三、立馬亭

「從馬的內心發現馬在百倍地小心。」

——引自一本法國作家的小說

若從前山登黃山，到「光明頂」大約需要上爬幾千層石級。

「立馬亭」處於那幾千層石級起步不久的轉捩點。

從亭的所在望過去，隔著寬闊的深淵立於對面天地之間的那座山峰的姿態，活脫脫一匹亦動亦靜的橫空神駒，「立馬亭」這名字由此而來。

亭內許多遊人在指指點點：在那座山峰相當於馬鞍的部位，留有冰川期冰塊移動時刮擦出的痕跡。地質學上稱為冰川期的時代對我們來說無異於太古的原初時代。那時地球上到處寒冷一片，冰塊覆蓋了整個世界的表面。後來有一天，氣候開始轉暖，冰塊相繼融化了。在這兒，山頂上原先結成一體的厚厚的冰層受熱後逐漸開裂，成為許多相互脫離聯繫的次大冰塊。這些「次大的」龐然大物紛紛從山體上滑下山谷，在墜落萬丈深淵的過程中便擦到了山壁。從那一刻到現在，不知過去了多少個地質年代，但這些擦痕依然那樣劇烈醒目！人們說時間可以磨滅一切。時間是一個永恆的暴君，而暴君往往會容忍深刻的東西永垂青史。

望著亭外凝止而又包羅萬象的山川，不由想像當初那些主宰過一切的純白色物體怎樣嗶剝爆裂著從頂峰加速衝向深淵，引起一連串怎樣驚天動地的震撼，結果導致人類所繼承的世界又是怎樣地粗糙而混亂不堪，怎樣地缺乏理性！人類也許還遠遠沒有結束它思想上的冰川期。

呵，立馬亭！那匹無數次奔臨日月星辰的馬，那匹帶著冰川期的悲傷在人類的朦朧時代裡悲傷嘶鳴的馬。

（《赤道風》1996年5月第33期）

四、悠悠天都峰

站立在這黃山第一峰上，我的視線緊緊跟隨著下方群峰間一隻展翅翱翔的鷹，順著液體般的、然而快凝結住的迷濛和蒼茫似沉似浮。鷹的飛翔看上去缺乏零碎的動作，而是像書寫一個大字那樣連貫。

為什麼在幾千公尺的海拔高度上，事物精細、客觀的一面像空氣一樣稀薄了、散失了？

陽光如同濃烈的橙色美酒，傾瀉下來，濺落開去，滲透進千山萬谷，更滲透進快在歲月裡、也快在心頭凝結住的迷濛和蒼茫。周圍夏季的斷岩峭壁煥發出一種粗獷的、灼熱的、面具般的美。然後，有一大片雲緩慢移動著，終於遮住了大半個太陽，陽光又像酒一樣保持濃度的消退。

為什麼如此有主宰欲的光線沒有刺痛山川氣象萬千的陰影？

在離我很近的地方，敞開衣衫，身性好動的炎熱正在笨拙地翻爬那一墩墩寸草難生的荒涼岩石。我估摸，炎熱同時也在不加思索地準備推翻秋季吧。

為什麼對於炎熱，乃至對於外在的一切，岩石表現得比人類更鬆弛，即使是它們的荒涼也是鬆弛的？

（《新月》1996年11月 第2期）

五、迎客松隨想

一個經過了刻意營造的名字日久天長地將木頭的體格肌理和植物的神經纖維濃縮成了可以反覆提供、反覆使用的概念。

這樣，當你偶爾在山上不經意地向山谷間呼喝一聲，卻吃驚地聽到回聲此起彼伏，周到詳細。原來回聲也是早就準備妥當了隨時等待提供給滿心期待的遊客的。

還有，雨也會淺薄地恭維你，尤其當你遇到的是山裡的傾盆大雨。

就連石峰啊，瀑布啊，山光雲色啊，等等，等等，都是那樣輕而易舉地進入人的內心，成為人心目中的石峰瀑布以及山光雲色。

有位法國人寫過兩句兒童詩：「因為有人硬要給蘋果畫像，蘋果就裝做蘋果的模樣。」

山也就是如此這般的一個大蘋果，我咬了它一大口——生活愈接近核心愈酸。

（《錫山》1998年5月第14期）

六、通向雲谷寺的後山路

在後山路上走著。

靠近山路的山谷間，爭先恐後膨脹、變形、飛動的白雲飽滿如剛燒出來的蒸汽。

山路漫漫。看著這群遊戲自然的精靈，空曠的午後和那急於奔去「雲谷寺」的心也忽而變得懸而未決了。

散漫的腳步一不小心將一粒小石子踢落了山谷，聽得它一路蹦蹦跳跳，最後垂直擊中了一個害怕叩碰的預言，那記清脆的回音響徹整個似水年華。

就這樣走著，走著。

不知何時浮雲轉化成了細雨。細雨綿綿灑落，使人剛剛專注地對雨聲的傾聽馬上被淋得零亂不堪。而此時此刻，乾巴巴的相思和模糊糊的依戀在這後山路上雨的潮濕和經久不息的開導中一次又一次地滑跌。

由小塊疊石所組成的路面清晰閃亮起來。依稀記起少年時夢中小塊的彷徨和憧憬。記不起年少得志時有沒有忘乎所以，而此時此刻，卻懷著夢到清醒時分才有的朦朦朧朧的謹慎。

青春直想梳理這一番白雲。誠心誠意地停住思想，白雲卻愛理不理地飄忽開去。稍一愣神，雨倒比心先追逐白雲去了。回過神來，放鬆心情，想用一首最鍾愛的小歌去掂量那使雨和雲的行為充滿了意念的靜，就像曾幾何時用患得患失的猜測去掂量那過分靜悄悄的初戀。而此時此刻，卻發現那首小歌已偷偷相攜細雨和白雲不告而辭。

又走幾步，遠遠看見沿著陡峭滑溜的山路，走來一顛一顛挑菜上山的腳夫。那「吱吱呀呀」的扁擔聲傳遍山谷，把羞怯難躲的綠和靜壓得晃晃悠悠的。而此時此刻，與同行的夥伴們了無牽掛的閒言碎語竟也跟著晃晃悠悠。

相互紛紛指道，注意到了嗎？——那塊被雨打得有點拘束又有點世故的指向「雲谷寺」的路牌？

（《聯合早報》副刊「文藝城」1997年1月）

操場拾趣

一、跑道

這是學校的假期。

剛下過一場大雨。

跑道在雨後的沉寂中像緊張的語句一樣向前直伸，然後是語法性的彎道，然後是一個技術性的終點。跑道遠不是那樣平坦，跑道上積蓄著一灘灘雨水。透露，慢性的消耗量，高低平衡。

很大的雨，將跑道洗刷得更像單詞，像單詞一樣透徹。如今，在精神領域裡要保留一個完整的單詞都難。

理解這一條跑道也難。

如果一個人在跑道的某一段起跑奔走，是否就一定需要一個「終點」來界定一種完成、一種勝負、一種個人主義？

有著雨後積水的跑道一直延伸到我的心靈深處，在那裡，心靈也許可以寬容地預言一個終點。

二、操場中央的鴿子

一群鴿子飛落在大雨過後的操場中央。

牠們爭先恐後地在那片潮濕中尋找什麼呢？

「尋找」這個詞，肯定不像一個操場那麼有容量。「尋找」在實際生活中往往是因果顛倒的——尋找什麼是因為害怕失去什麼。

但那群鴿子是個例外嗎？

牠們有的悠然自得地「咕咕」叫喚，有的目不旁顧地邁著方步，有的探頭探腦向間雜著小草的泥水中猛然一啄……。這些神經、肌肉和羽毛協調一致的動作，把操場的中央，也把一部動物和鳥類的進化史，搜尋成了一片空白。

規則，可以相互比較的體力，使「尋找」提前或使「尋找」變得容易的雨。

雨的半官方的性質？

尋找——害怕失去什麼——卻不怕強加於身上的東西。

但那群鴿子是個例外嗎？

（《赤道風》1997年9月第37期）

植物的語言

一、落葉

Taxi，舊的馬塞地計程車。馬來西亞怡保這一帶，南北大道。只有路可以沿著南北方向延伸嗎？

群山環繞，路面起伏。從車裡望出去，山坡上最常見的就是油棕樹了。綠旺旺的寬大葉片，排列整齊緊密的粗壯樹幹，一望無際的繁茂遮蓋。土地和植物的現象。更持久的是人的現象，因為真正扎根的是人。

舊馬塞地有點吃力地顛簸。陽光直落，然後被那一望無際分割了。這也是一種折舊處理吧。入鄉隨俗使人厭倦。

「很少看到橡膠樹了。全是油棕。」我說。

「油棕好種也好賺嘛。橡膠樹的利用價值如今不大了。再說，割膠也嫌麻煩。」司機對我解釋。

連植物都會遭到精神流放。經濟的潮流。我在想生命的某個階段。是啊，如今誰還會用自己的理由和動機，用便宜的工具，且用最基本的動作割成長著的生命一刀，割出汁來，割出血來。

「喏，那邊，看見嗎？有幾棵留下的橡膠樹。」司機指給我看。稀稀拉拉的枝節，細而白的紋理，葉子幾乎禿光了。

「沒有樹葉了。」我對司機感歎。

「橡膠樹很奇怪的，它到時就會落葉，儘管這裡沒有四季變化。」司機踩大了油門。舊的馬塞地的轟鳴讓人難受。

落葉算是「不惑」還是自我放縱？

「橡膠樹」，作為一種形態，它老了，所以我想歌頌它。「老」可以順著心中設定的方向延伸。

就好像一輛舊的老了的馬塞地，它多少也超越了機械和「車」的概念，具備了幾分人文的命理。

二、品種

「那是什麼樹？」我指著左前方一棵瘦高孤絕、其貌不揚的樹木問司機。

那棵樹一閃而過。

「那是榴槤樹。」司機朝我笑了笑。我幾乎想把那笑像果實一樣從他飽經風霜的臉上採摘下來。

飽經風霜是一種徒勞的豐收嗎？飽經風霜也會一閃而過嗎？

他接著跟我感歎，十年前他到美國去謀生，後來在那裡住了六年。記得去美國以前的年月裡，榴槤差不多只有單一的品種，可是等到他回到這裡，卻發現在短短幾年裡已發展出了那麼多榴槤的新品種。「而且，以前一年只有一個時段可以吃到榴槤，現在顯然不止一年一次了。」他猛地搖搖頭，彷彿要把剛剛看見的那棵榴槤樹從腦海裡抹去。

品種。數量。數量是植物的語言的語法。而人們愈來愈學會規劃並述說植物的語言了。

車速均勻。高速公路也是一種規劃的典型。「時間」本身的成熟期大為縮短。這條路北去一直通到泰國邊境——哦，另一個國度，植物的國度。但植物已失去了它們的邊境。

巨大的路牌豎立在路邊，指示著各種出口。但是，醒目的文字，還有其他一些更多的東西卻悄悄地進入了心裡。心在身體內是單一品種嗎？

他在美國生活了六年，他最終還是回到了怡保家鄉。這麼說他沒有變成另一個品種。他可以開著車一直北上，尋找到一條邊境。

在以後的路程中，我始終很想念那棵榴槤樹。不知道它屬於什麼品種。它在那塊地方有六年或十年了？什麼時候它會實現一次獨立的長途「返回」，回到它的非品種的童年？

（《聯合早報》副刊「文藝城」1998年1月）

榴槤三唱

一

據說最好的榴槤內只含兩顆果肉，而其中一顆還是壞的，另一顆則其味無窮。

生來就為你犧牲的「對方」，太具有本元意義了。我們在節省人生嗎？

成「正果」只有唯一的途徑——貼近，澈底地體悟這個「對方」的全部不幸和苦痛。

二

人人皆知，榴槤要自行從樹上掉地的才為成熟。若有人強行撼動樹幹以迫使榴槤掉落，非但得的是不熟的榴槤，而且往後該棵樹上自行掉下的榴槤也都烙上早產的病根，生的。

「熟」成了一種掙脫意識的行為。現世的行為都源於前世的創傷和變故。

熟至掉落——「熟」就是身為凡胎而不失心相的莊嚴，「熟」就是有意去延伸一雙猥瑣的手的搖動來印證難以圓滿卻生死不息的輪回。

三

榴槤樹長成，結果。若果實第一年就旺盛好吃的，往後卻會一年不如一年。若開始其貌不揚，果實稀少又不好吃的，卻會一年勝似一年，直入佳境。

所以，真正能被稱得起榴槤者，扮演的是時代。

但是，即便是大時代的因果，也最好由「好吃」或「不好吃」這樣世俗的字眼來落實推定。

（《聯合早報》副刊「文藝城」1997年8月）

建築工地二章

一、夜

白天，工地在和城市由表及裡地對話。天黑了，對話停歇了，收工無所謂時機。

月亮升起。月亮在這短暫而充滿倦意的停歇裡積蓄、流動。流動的夜，泛白的夜，甚至是帶有排泄意義的夜。

夜就彷彿是萌發孕育著的，難以按捺的胎盤，或者是一個由工地提供了鐵器和工具的無政府主義的潛伏者。

蛙鳴四起，牽拔工地之夜旁觀者的情思——雙份的情思，加倍的夜。

空氣沉降，凝聚出一層薄薄的水珠——文字和書寫都濕透了，在胎盤中滴落成一串晶瑩明亮的期待。

瑣碎的工地的夜，沒有人多加琢磨。

抽水機的馬達反反覆覆輕聲轟鳴著，理由永遠是充足的。工棚的燈光微弱，卻舔瘦了黑暗的兩腮。淘氣的碎土堆，把多餘的話題埋結實了，生怕真理的挖掘者太空閒了。長者般的吊車，在獨自醞釀影響深遠的明天，一個把思想或其他什麼有價值的東西高高吊在半空的明天。

是的，明天。明天，在這破曉的工地上，夜將露出狂歡的面目；夜將撕心裂肺，拒絕接生，但夜仍將分娩出十種千種絢麗的色彩。

一個需要照料的工地的夜。沒有人近在咫尺。

二、樁

打樁機的最末一聲怒吼結束了，樁已深入地底。

「樁」，一個結構的名字，或者名字的結構，差不多的意思。

在那聲怒吼結束以前，對它的褒貶早已開始並紛紛揚揚。

說不定它也懷疑它將要竭力支撐的就一定是個新世界，說不定它也缺乏獻身的激情獻身的崇高以及獻身的悲哀，說不定一切都已經給那些褒貶說定了。

有一點，人們也許忘了，也許沒忘但假裝忘了，它是樁。這就足夠了。樁，一個結構的名字，或者是名字的結構，差不多的意思。但的確足夠。

除了「它是樁」以外，任何對它的褒貶其實都是沒必要的。

（《赤道風》1998年1月第38期）

水的允諾

方圓半里沒有一個人影。從山坡上望下去，整個人工湖就像從漫長的進化過程中提取出來的一滴沉靜的水。

我似乎是無意中進入了這滴水的範圍，走入到了那個進化過程的內部。

這是北京郊外的密雲水庫，天高雲淡的深秋季節。

由於輕微的寒冷或是心念收縮的關係，我的手伸在外衣的口袋裡，手心中捏著一根細小的火柴棒。然後，我能清楚地聽到它連同無數被記錯的日期一起在我手中被折斷的聲音。不是嗎？在沉靜得深遠無比的進化過程中，我們的日子卻過得愈來愈細小了。

這樣想著，那滴水彷彿開始龐大了。我禁不住凝神傾聽天地的最初空濛裡，創造者如何匆忙折斷神話中過於鬆脆的部分，而人類精神訴求的聲音又怎樣被破天荒地引入早期的傳說中。那引入多半同水有關。

（後來有一天，我寫信給她，談到一個男人對於感情的期待能不能像這樣的一滴小小的水那樣淡，那樣止，卻又那樣有容量？記得她在簡短的回信中沒有對此表示看法。）

我留意到環繞水庫的山上，種滿了矮壯、嶄新的小松樹。松影的密密層層的綠把水庫當作稚嫩的對象緊緊地圍裹住了。樹木和湖面的對應，浮雲和群山的對應，偉大的訴求和細小的日子的對應，……所有的對應都按部就班地封閉在一滴水的永不聲張的允諾裡。

這柔軟、豐滿的允諾可以經歷多少次突如其來的重溫呢？

（我又在另一封信裡向她描繪，說水的允諾極類似於女性的允諾。那次她連信都沒回。那個描繪就此不了了之。）

我慢慢走近松樹林的邊緣。現在聽到有鳥兒的叫聲從樹林裡傳出來。我尋聲踏入一個更小更充沛的生命世界。呵！各種各樣鳥兒的鳴叫從四面八方的枝葉空隙中像碎玻璃般地迸濺出來。我趕忙把雙手從狹小的衣服口袋裡拿出來。鳥兒的聲音紛紛揚揚掉落在我攤開的手掌上。我無法拒絕這些刁怪的精靈們對於水的允諾的另一番雜七雜八的理解。

（《聯合早報》副刊「文藝城」2001年4月）

北國之秋

一、秋思

田野裡的風像一個被迫認錯後賭氣奔跑的孩子，毫無目標而又怒氣沖沖。陽光就像被不懂事的風順手從天上扯下來的破衣爛衫，隨便扔在了高低不平的土地上。你看不到陽光衣衫的反面，你只看到田野裡兩道新鮮清晰的車印一直伸展到遠處。

北國之秋。

風就這樣一陣緊似一陣地刮過。對遠方的悠悠的思念忽然間變成了對一件微不足道的小事的具體回憶。有位詩人說過：「誰能在風中久留？」是的，即便是思念也不能。

北國之秋。

那麼地遙不可及——在秋與冬的邊界上，隱約望見了「大鐘寺」的頂尖。

不由想到了寺內收藏的那口永樂大鐘。據說萬千經文寶典都經由幾百年前高超的鑄造技術而留在了巨大的鐘體上。

這的確令人嘖嘖稱奇：光憑技術就可以永恆地取捨這樣一件足以影響後世倫理觀念的事物。

二、秋物

從北京大學的後門去圓明園遺址的路上，經過一個小小的村莊。一頭年老的羊安臥在村頭的大樹下，用牠稀疏的牙齒持續咀嚼著由青泛黃的草葉。

你看，這裡，在著名的北大和同樣著名的圓明園遺址之間的某個地點，在歷史和文化的宿命裡，一隻象徵性的動物竟比我們先消化吸收了一些東西。也許正是因為缺乏真正稱得上銳利堅韌的思想去認真咀嚼中國近代史由青泛黃的那幾頁紙張，整個民族一直到如今哪怕在生物學的意義上都在挨餓。

你慢慢走近那頭羊。樹葉飄飛，牠警覺地站起身來。出乎你的意料，那警覺中居然透著幾分虛無主義和不加節制的冷漠。你恍然明白，任何生物的心靈，都會自然而然地被一種假設性的對抗所深深地毒害。你為所有的心靈擔憂。

你索然走開了。那頭羊重新臥下去，然後掉轉頭，遞給躍躍欲試的冬天一個漫不經心的眼神。

（《聯合早報》副刊「文藝城」2001年5月）

預警旱情的雨

我在車上睡著很久了嗎？我揉揉眼，迷惑地抬起頭來望向車窗外。

車窗外——天邊外。

那隻鷹究竟在高空那兒盤旋多久了？

一尺來高的油棕樹苗顯然是新植的，樹苗周圍翻起的潮濕泥土還沒有被太陽曬乾。樹種得稀稀拉拉的不成規模，整片田地顯得空曠寂寥。鷹飛得那麼高、那麼垂直，牠在往地上尋找什麼呢？油棕苗地再過去幾百米就是一片茂密的雜樹林，容易被捕獵的小動物們白天該躲在那裡面，躲在太陽都曬不到的暗處甚至地洞裡，而絕不會冒冒然跑到這片沒什麼遮掩的土疙瘩堆裡自動成為高高在上的鷹的攻擊目標的吧。

但鷹耐心地盤旋著，不緊不慢的，一圈又一圈，維持著不變的速度和高度。直到我坐的車在馬來西亞的南北大道上開得離牠遠了，眼看快看不見牠了，牠和牠那不變的速度和高度還在那兒。我乘早班飛機從新加坡飛到馬來西亞的檳城，然後坐計程車沿南北大道直下中部的城市怡保去辦一件重要的公事，途中就在126號出口附近看見了這隻鷹。鷹在以逸待勞。想想我從小就經歷了多次的革命運動，而今又已過了不惑之年，該多少領會一些鷹的行動哲學了。先暴露自己也許算是一種最好的埋伏罷。

其實動物和人一樣，多半會活得不安分，多半會認為別人、別的動物曾經有過的遭殃一模一樣輪到自己的概率低到接近於零，多半會熟視無睹像多餘的風景般嵌在烈日當空上的鷹。午時前難保沒有什麼田鼠、土蛇、青鳥、灰蛙，四腳的、兩腳的、爬行的、跳躍的，從樹林裡溜出來，一路闖到新鮮的油棕地裡沒頭沒腦地找些東西吞吐消化，順便做一番光天化日之下的遊夢。於是鷹就可以立即俯衝下來逮到牠們，逮到牠們的軀體，逮到牠們的夢，逮到牠們的公事或私事。那高傲的傢伙有點像居高臨下談笑若定的陰謀家、陽謀家，牠在政治上、外交上一定有過不少成功的先例，否則牠絕不會那麼不急不徐那麼大氣，那麼有把握。

後來我們在經過距離怡保一百多公里的太平地區時天下起了大雨。計程車司機說道：「太平多雨，但這個季節一大早上就下這麼大的雨還是罕見的。」「最初四天都在下雨。」我記得奈波爾（Vidiadhar S. Naipaul, 1932-2018）的長篇《抵達之謎》（*The Enigma of Arrival*）正是這樣開頭的。我讀那部小說時情緒上自始至終的感受都是濕淋淋的。綿密的文字給不安的心靈提供的是同雨水相聯繫的具備一種廣大掩護的安全感。相反的情況是，如果作為小動物在荒蕪的田地裡獨自面對高空一隻虎視眈眈的鷹的直接威脅，那麼首先突出這種危險性的正是周圍環境的高度乾燥和空泛。

車彷彿在下著雨的南北大道上開了很久。我沒有再在車裡睡著，所謂的「青山綠水不再是夢」——鷹的前世一定是教員出身，只教實踐，不教理論——而對我來說，有點沮喪、有點類似生理障礙的是，睡眠恰恰蛻化成了一種理論活動。

我們在中午時分到達了怡保。

還是走的那條老路進的城。不怎麼熱鬧的市區，生意也不怎麼興隆的街道店面，「德易汽車零件」、「華益運輸」、「聖都洋服」、「甜蜜兒理髮中心」、「合興茶餐室」、「桂林大飯店」、「達利科技」、「EPSON」……，櫛比鱗次的名字招牌我都可以如數家珍背出來了。我不是埋伏者，但這些五花八門的名字卻好像也都是渾渾噩噩自動送上門來的。記憶是一種雕蟲小技。有些出乎我意料的是，怡保沒有在下雨，或者雨早就停了，路面是乾的。雨水從地面上毫不遲疑地清理掉了很多很多東西。我忽然悟到，我在126號出口那兒看見那隻鷹，在太平那兒遇上了那場罕見的大雨，我感歎，我納悶，我始終是一個旁觀者。雨水作為地面的清道夫其實和徘徊著的高空埋伏者各得其所，而夾在這兩大勢力中的旁觀者如果習慣了伴有安全感的旁觀，那麼他既不能做左派，也不能做右派，甚至不能做中間派。他只能從事睡覺那樣的理論活動，要想理論深刻點就努力沉睡。或者熱衷於玩玩雕蟲小技，用記憶代替思想。

我們停車在「順利肉骨茶」用午餐。司機建議的，他好像餓了。

我不是很餓。因為我讓我自己琢磨了一場，還未琢磨完，還沒回過神來。

非得這樣琢磨過，就像奈波爾在《抵達之謎》結尾處寫道的：「有東西存留在心中，那就足夠了。」吃午飯之前我會對我的身體反覆強調這句話。

（《聯合早報》副刊「文藝城」2010年4月）

散文一二

一、森美蘭的白雪

「他們祖祖輩輩從來沒有看見過雪，一旦看見白雪從天空上飄落下來，哈哈，沒有人知道那是什麼。家家戶戶每個人都跑出屋門去看，看天上，看地下，但看不明白。於是他們就跪下來祈禱。啊呀，那全都是因為全球性的氣候變異！」我們的印度裔客戶隔著桌子，手舞足蹈但口齒冷靜地對我形容著。

那是中午，在馬來西亞森美蘭的一家印度餐館裡。

「森美蘭」，我總覺得這華文地名很幽雅、很媚。

雖然距離吉隆坡不遠，也算是工業化地區，不知道是否和它的幽雅名字有關，森美蘭給人的印象好像還是「閉花羞月」般半開放半閉塞的。

比方說你若去當地任何一間日本人開的大公司，車輛最終好像必定都要經過塵土飛揚的泥石小路，小路兩旁全是茂密的熱帶雜樹林，樹木長得高矮疏密參差不齊的，伸出路面的枝葉將泥路鉗制得更為狹窄，坐在車內你幾乎忘記了你要去哪裡。從早上開始，炎炎的烈日就無情統治著這些泥石小路，一成不變的悶熱常令駕駛者昏昏欲睡；而恰巧在這時，他又會突然看見車前有兩個甘榜小孩騎著腳車在並排飛奔，那彷彿是出現在童年的夢裡，……他嚇得還沒到路的轉彎處就將駕駛盤急轉了90度——抬頭一看，那間日本大公司到了。

每次去那裡出差，總要到那家稍嫌吵鬧的地道小型印度餐館用午餐，它的粗大的圓木門框彷彿被椰子油搽抹過般地閃亮、新鮮，甚至有股聞得出的甜味。

我喜歡香蕉葉上盛著的蓬鬆的黃薑炒飯和軟熟的煎烏賊魚，喜歡木杯裡裝的濃郁的印度拉茶，喜歡長條自助餐桌上飄散著強烈咖哩清香的素菜沙拉⋯⋯

最近一次去森美蘭，在印度餐館吃午餐，飯後聽我們的一位來自印度並在馬來西亞居住了好多年的客戶娓娓而談他家鄉的事，特別談到有一處南印度偏僻的鄉村地方，千百年來那兒的人從未見過下雪，但前幾個月某一天突然下起雪來，男女老少望之不禁又興奮又擔憂又惶恐⋯⋯。我聽他說著有點像是編造的「零度」世界的故事，有些聽之任之的，但聽著聽著，好像正是由於看破他的敘事伎倆反而對他產生了好感。要知道整個早上我們倆都在他工作的那家日本公司的一間通風很差勁的會議室裡，緊張地討論我們即將承接的那個大專案的各條極其枯燥的技術細節，彼此爭論得面紅耳赤的。而此刻這個聰明的傢伙在我們倆共進午餐時用誇張的敘述向我展示了一種諒解，一種兩個企業的中層技術官僚相互之間莫須有的諒解，這莫須有的部分就來自於世界另一個角落別人的幾乎與我們無關但又非常客觀的生活情趣。

這麼想著，我對他說道：「你會妥協嗎？妥協（Compromise）？」他沒有聽清楚，大聲反問我：「什麼？」我補充道：「向生活，向你看不明白的飄蕩的白雪。」

我甚至聽到了印度音樂，騷動的情歌類的。音樂聲中，那位身披沙麗，雖上了年紀卻依舊風姿綽約的餐館老闆娘笑盈盈走來，款款問客人們還要些什麼。

我們的印度裔客戶立刻大聲用英語要求：「Please give me snow！」

全場爆笑，包括老闆娘，她笑的時候露出的牙齒就像雪一樣潔白。

我在猜，猜我自己的想法，猜我能縱容我自己的想法到什麼程度——她，或者至少她女兒的名字是不是就叫「森美蘭」？

她的女兒？——我們真的都曾經年輕過嗎，那種在成為中層高層官僚之前的年輕？

如同雪花紛紛揚揚飄落在不知名的鄉村的土壤裡，或者一串串的技術名詞被禁閉在沒人再有興趣翻閱的冗厚的文件堆中，多少精彩奇妙的往事也細潤無聲地在我們的心裡融化壓縮變質消失了。

然後，我的拉茶喝完了，木杯空著。就像念高中時在一首詩裡寫過的那樣——我心中充滿了彷彿泥土般容易捏得碎的柔情和憂傷。

二、遠離紅土坳

怡保地處馬來半島中部，怡保郊外有一條大路去向一個叫做Lumut的地方，坐車順著這個方向一直走大概三四個小時，走到路的盡頭，走到海邊，就到達了那頗有名氣的「旅遊勝地」邦咯島。

好多年前我跟我們公司的一個在怡保辦事處工作的同事去過一次邦咯島。他出生在邦咯島，但童年時就離開了他的出生地，長大後偶爾回去過幾次，他的外婆，還有一些親戚還住在邦咯島。那次跟我一起時他也已經很久沒回去了，很想念那地方，他神情侃侃地對我說。

邦咯島以前想必是個小漁村，現如今雖說是旅遊勝地，也好像只不過是個開化程度不怎麼高的小鎮。我的同事問他的親戚借了一輛摩托帶著我繞環島海濱公路兜了一圈，也沒有什麼美妙景觀讓我流連忘返。

倒是摩托偶然停泊在某處制高點，同事指給我看遠處的島外之島：在邦咯島東南方的海灣外，隔著一片平靜蔚藍的海水，對面的另一個小島上，像童話裡色彩斑斕巍峨城堡似的，建著一座規模無限、風光更無限的「香格里拉」大酒店。

那以後又好多年過去了……

有一天，我在新加坡的一家中藥店鋪裡偶然看到有賣邦咯島出產的江魚仔，我好奇地走近前去抄了一小把那江魚仔在手心裡看看，營業員熱心介紹說這種江魚仔雖然比別的品種的貴，但卻值得，因為味道很鮮美，特別是褒湯很受用。我掏錢買了二百克。

二百克——營業員還好意多稱了一點給我。不知為什麼，那一刻我想起了從邦咯島那個制高點上看到的「香格里拉」大酒店。人為的建設品牌對於「自然地理」的勝利從來都是壓倒性的——「二百克」這數字概念使我再次愈加真切地對那屬於

「旅遊勝地」邦咯島的「自然地理」的份量迷惑不解起來。

最近去怡保出差開會，住了兩天。

第二天早上，在旅館外邊的咖啡店用早餐時碰到了以前的那位同事，我以為他老早就離開公司去別處高就了，一問之下才知道其實他還在我們公司做。「那為什麼這幾年我來怡保幾乎沒有碰見過你？」我不解地問。他以比我更不解的口氣問我：「你每次來怡保出差都有找過我嗎？」我啞口無言。他並不是在指責我，但我聽得出他心裡的想法。

我想到有一件事需要向他求證，就急切問他：「還記得嗎，多年前你帶我順著郊外那條大路去過邦咯島？」他點點頭，看著我，等著我說下去。我接著說：「可是，後來有人告訴我，去到Lumut大路盡頭的那個地方叫『紅土坳』，並不是邦咯島。那麼，哪裡才是邦咯島呢？難道是那座建了『香格里拉』大酒店的小島？人家都說邦咯島的海灘非常漂亮，但那次我坐在你的摩托後面好像並沒有看到。……那最令人銷魂的海灘都被『香格里拉』占據了？」

同事使勁搖頭：「你不記得了？那次我們坐長途車到了去Lumut大路盡頭的地方，下了車我們又坐了渡船過海才到了邦咯島。」

「有坐過船？」我竭力回憶，腦子裡一片空白。

「對啊，渡船碼頭的大門是鐵做的，當時它關著，但沒鎖。你推開大門時還抱怨鐵門很重，說不明白中午時分碼頭的職員為何要把大門關上。」

那麼說我記漏了關鍵的細節。這不僅僅是記性的問題，而是一種對於人情世故的懈怠。聯想到我多年來不曾再關心這位好心帶我去過他的出生地的同事，聯想到我在新加坡的店鋪買少許份量的江魚仔的經驗，我不禁噓歎：其實「香格里拉」戰勝的不是自然地理，它戰勝的是人。人把自身的份量弄得太重了。

我感到邦咯島離我已經是那樣遙遠！那些我們曾經去過的地方才往往是真正離我們遙遠的地方！

我們去過愈來愈多的地方，但我們卻可能因而在人格上變得愈來愈懈怠。

「為什麼叫它紅土坳呢？我是說那個去到Lumut大路盡頭的地方？」用完早餐分手前我遲疑著問我的同事，我不知道我有沒有理由在他面前表現遲疑。

他笑了：「你是明知故問吧！」

（《聯合早報》副刊「文藝城」2010年6月29日）

散文詩改編

一、早春金陵

（一）中央大道

繁忙的喇叭聲，來來往往，聚聚散散，
歷史的印象中，不斷來往聚散的還有明故宮殘留的城門；
「路」平坦匆忙如紙頁，舒展著六朝的金粉和遺恨。

風吹漲了早春三月，漲破了，又一股腦兒扯皺了大道的空闊與縱深；
參天的梧桐樹葉遮遮蓋蓋，漏下一個含含糊糊的春。

（二）明孝陵的石像群

在御賜的永久絕食的日子裡，
懂得了萬歲；

一種不產生現實效果的，
避了孕節了育的存在——
不向生命前進，也不向死亡後退。

（三）玄武門的舊城牆

風影樹聲，青苔紫草，寂靜地鋪張了滿天的戰火硝煙……
一個過分注重高牆、竭力維護牆內大統一的民族，幾時才不需要，時刻提倡防範？

（四）滬寧線即景

肥鴨禁不住柳絲倒影的挑逗，闖入片面的淺水裡戲遊；
瘦驢的身世拉出一道筆直的車印，更筆直的鞭梢捅破了它幻想中的嘶鳴；

少年們鋒利新銳的粗話，一次又一次，割倒垂頭喪氣的豬草，
黃昏時帶回家一籃又一籃，稚嫩滿足的玩笑。

（《五月詩刊》1995年12月第24期）

二、新安江富春江紀實

（一）小鎮的清晨

（小鎮深渡，位於新安江上游）

昨夜的霧，一層一層，層層籠住了青山綠水的睡意；
山坡上，早起的村婦們的背簍中，一堆一堆，
已經裝滿，陶醉了黎明的消息；

尖尖的小船倏地一下，刺破了江邊的朦朧；
年輕的船夫，駕著他愉快的輕歌，劃過水面，駛向未來的懷中；

誰家的雞，叫了一遍又一遍？
萬物休止在，這蘇醒前的一瞬間；
小鎮的自給自足的清晨，用它深邃緩慢的表情，
開啟一個淡淡漠漠的今天。

（二）夕陽

（汽車穿過田野間的公路，駛向梅城。正夕陽西下）

夕陽的虛榮，金黃色的虛榮，跨步跳蕩在慵懶的田野，轉瞬間犁出一串歡笑喧鬧的童話；
夕陽的溫存，零零星星的溫存，起起伏伏的溫存，零零星星也起起伏伏地烘暖了，田埂上
新曬的乾草堆，更烘暖了，暮色中歸去的少女們，三三兩兩的悄悄話；
夕陽的誠實，疲憊憔悴的誠實，順著老牛脊背的汗水，流入了暮煙深處的人家。

（三）富春江

（順富春江，坐船下杭州）

清澈委婉的江水，流著流著，若心事重重的少女，歸思難收；
青翠疊嶂的峰巒，立著立著，像情意綿綿的呼喚，醉綠了人的心頭；

浮雲那輕盈爛漫的倒影，舞著舞著，被山重水複的依戀，染得碧透。

（四）新安江水庫大壩

（大壩攔出了千島湖）

高高厚厚的鐵灰色土方，一舉壟斷了新安江的意志；
大容量的水力，在此被撞得身敗名裂，
誰還敢無視，理論計算過的強權政治！

終於終於，水不再張弛；
水和壩，還有其他許許多多的方方面面，相處得如此超重，又如此背叛現實；
水輪機轟隆轟隆，運轉著柔軟的新安江水，運轉著脈絡筋骨柔軟復柔軟的歷史。

（《五月詩刊》1994年12月第22期）

三、東北組曲

（一）太陽島（哈爾濱）

（夏天的太陽島是松花江上的一顆明珠，然而現在是……）

薄薄的十月，薄薄的寒冷剛剛開始，
島隱藏著一番薄薄的猶疑，
把冬數落成一片薄薄的泥沼；

依然陽光，
從被人丟棄的瓶裝罐裝的夏天裡漲起——
漲起，充滿金屬和玻璃的喧囂；

島卻至少沒有了，物質的堅硬，
堅硬的是它的安靜、關鍵，以及作為島的島；

而十月的，不，游離於十月的松花江，
正在悄悄地退潮……

（二）松遼平原的秋

（從火車的車窗裡看松遼平原……）

肥沃的松遼平原的秋，
陽光那無所事事的步伐，
在油膩的泥土表面打滑；

廖闊的松遼平原的秋，
地平線正準備冬眠，
卻失落了收割已久的回答；

深沉的松遼平原的秋，
土地下的生命，
懷著準備過冬的針頭線腦的矯情，
等候重歸於好的春夏。

（《五月詩刊》1995年7月第23期）

四、蘇北行

（一）南通港的清晨

恍恍惚惚，月色在江面上叫喚，
比月色之叫喚去得更遠更瘋的潮聲，
潮醒時近在眼前；

客船累積了龐大的傾訴，緩緩靠上了碼頭，
一顆遊子的心，卻匆忙著啟動錨鏈；

棧橋上，錯錯落落，千百根扁擔晃動，
挑走了港口的夜和戀。

（二）長途班車

天沒亮透，在車廂後排找個位子——
拎著髒乎乎的太陽，咬著硬梆梆的月亮；

車已經開動，相互緊緊的擠靠——
群體性的秋寒、煙味、磕睡、呼嚕和方言；
還有老家屋子裡，胖嫂子的爐火上，
燉了很久很久的愁思和欲念；

車疾駛蘇北腹地——
車窗外還是課本裡，蘇北的童真塵土飛揚；

長途奔波的目的地到了——
黃狗黑狗，紛紛竄向，一車廂腰酸背痛的慌張；
牠們爭先恐後叼走的，是動物頭腦中，人類鬆鬆垮垮的模樣。

（三）文峰塔和大運河

大運河，就是
當初千千萬萬的血汗勞力
用人工，幫助權勢的江山手淫；

文峰塔和大運河，就是
沒落的朝代，勞民傷財所制定的，
站立與躺臥的關係和規定；

塔，永久地陽萎著，舉而不挺。

（四）個園

（揚州個園因竹而名）

庭院曲折，
妻妾般相互傾軋的竹，供養服侍，
精瘦精瘦的春夏秋冬；

有錢有勢的書香門弟，
才有如此肥沃、如此疏鬆的內心，
種栽一節一節，別出心裁的痛。

（五）焦山之景

江、山、島，
風景；

綠蔭飽含哲理，陽光卻通俗易懂，還遺漏了些什麼？
風景；

荒草中古老碑刻的筆劃，風景外流傳千年的濁流和絕唱，
風景；

一小塊，甜甜脆脆的風景，擱在瓷盤般精美易碎的歲月裡；
夕陽通紅，恰到火候地烘烤，甜甜脆脆的，活色生香的，
風景。

（《五月詩刊》1996年12月第26期）

五、旅途偶拾

（一）鐵路沿線的碉堡

（滬寧路沿線，還留存一些內戰時期的碉堡）

斑駁殘缺的腦殼，和平宣言的墳；
支離破碎的壕溝，海峽兩岸的劃分；

血的鮮紅，肥沃了田野的蔥綠，
條條凶猛的火舌，織成道道，散發出泥香的犁痕。

（二）山鄉素描

（寫於杭州至安徽省地界的公路）

公路佝僂著坎坷不平的腰背，倔強地爬上了山頂；
幾百米下，山坳青田旁，三五間與世無爭的瓦房，遵從著安居樂業的天命；

長途汽車神經質的高音，刺探村鎮晌午的悶熱；
山谷間，一下又一下，回聲聚攏了，趺趺撞撞的夏日；

樂而忘返的老牛，眼神慕戀著雲色；
粘著厚重泥巴，也粘著厚重知覺的足印，
踏破山鄉歲歲平安的曲折。

（三）水鄉櫓聲

（記於吳縣水鄉）

櫓聲吱咔咔響著，沉重得像往事一樣；
水波隨櫓聲蕩開——
河流拼湊著記憶、說法和方向；
小時候，父親也曾用粗糙不堪的雙手，
搖著我叫喚不休的童年，搖入他皺紋深處的期望。

（《五月詩刊》1997年12月第28期）

第二輯　杜鵑新音

這很有意思

一、這很有意思

前幾年參加北歐旅行團，來到丹麥首都哥本哈根，一個童話般美麗的城市。

那天整團人跟隨當地導遊在市區內的運河景點轉悠，走著走著，我腦海中忽然浮起一個名字，「大名鼎鼎」的尼爾斯・玻爾（Neils Bohr, 1885-1962），就靈機一動問我們的新加坡領隊，是否知道尼爾斯・玻爾的故居在哪兒，因為他帶團來過這兒好多次了，熟悉相關的人文景觀。

「尼爾斯・玻爾，誰來的？」不料領隊一頭霧水地反問我。

不怪他，是我的錯，想當然耳。玻爾在世時是個物理學家，不是歌手和影星，更非那種知名度與緋聞掛鉤的人。在如今這千百個偶像和千百萬個粉絲利用高科技手段瘋狂互動的年代，玻爾其人可歸類成「孤陋寡聞」的老古董，你在歐洲老街的舊書店裡恐怕都不一定能翻找到他的資料了。

轉而一想，試試問那個丹麥導遊吧，那是一位看上去挺有知識分子氣質的中年婦女，也許她在中學裡喜歡過物理學，也許她在風氣和品味方面恰巧是一個老派世故的人。

「Neils Bohr? Yes.」果然！她回答的口氣帶著不加掩飾的驕傲，然後，彷彿由那驕傲孿生出來一絲疑惑，她用有點親切也有點銳利的眼光，盯著我這個提問者：「Why?」像是要再次在一個遊客面前掂量一下這個名字的榮耀。

「我是玻爾的粉絲。」我看著她典型北歐人的金髮碧眼，虔敬地答道。

聽了我的回答，她釋懷地笑了。她的笑屬於上一個世紀，屬於以往的智慧結晶，為一個黃皮膚的亞洲人終究還能夠記得他們隕落已久的國寶級巨星。我進一步跟她說，我很想參觀瞻仰玻爾的故居，如果他的故居還被保存著的話。她聽了我的話，高興地告訴我，太巧了，從我們站立的景點過去不遠的地方，就是尼爾斯・玻爾誕生的屋子，它在某種意義上被保存著。當然，那座屋子不在我們的旅遊排程上，她隨即幫我向我們的領隊「說情」，要求他通融一下，允許將隊伍即刻轉移去那裡，領隊點頭答應了。

很快到了，一座地處鬧市區的石頭結構三層樓房，窗戶寬敞，牆面開闊，陽臺上還豎有裝飾立柱，以前肯定是有錢人的房子，現在看情形裡面還住著普通居民，所以導遊說「它只是在某種意義上被保存著」。樓房周圍行人寥寥，結實的木頭黑漆大門緊鎖，門前停靠著幾輛款式老舊的自行車，窗戶高臺旁的牆壁上釘著一塊幾尺見方的白色大理石牌子，上面注明了世紀偉人的出生日期：「NIELS BOHR. 7, 10, 1885」。

我靜靜地走上前去，站在那兒靜靜地觀看和思索。大師，你好！大師，我終於來了。

高山仰止，景行行止。雖不能至，心嚮往之。

「哥本哈根學派」的精神領袖——那曾經是多麼不可一世、多麼德高望重、多麼風靡學術界的「職銜」！

我轉而望著那幾輛半新不舊的自行車——物相簡骸，我彷彿是在力不從心地追憶整整一個逝去的時代，一個崇尚理性和真理的時代，一個在心靈層面上絕不縱容甚至也絕不寬容娛樂偶像凌駕於精神領袖的時代。

那麼，我已經隨大師的風範和思想一起老去。我感到榮幸之極。

同行的女兒不解地問我：「這個尼爾斯・玻爾很有名麼？老爸你怎麼這麼崇拜他？」

我答道：「哦，這個尼爾斯・玻爾以前同愛因斯坦一樣有名。他們倆是那個時代等量齊觀的理論物理學泰斗，現代物理學是他們奠基的。」

我還跟她說了，玻爾是個溫文爾雅的紳士，從不對人惡言相向，若有人當面向他兜售最胡扯、最無聊和最僵硬的物理學觀點（那時處於物理學風雲變幻之際，經常有人在他面前這樣做），他的最反感、最嚴厲和最激烈的反應也不過就是那句口頭禪：「這很有意思。」非但輕描淡寫的，不熟悉他的風格的人還以為這多少算是讚揚呢。

女兒有些不信：「既然如此，那麼，為什麼大多數人包括我都知道愛因斯坦，卻從來沒『聽說』過玻爾？」是的，女兒說得對，作為有力的旁證，你看，團裡跟來的其他人此時都對這座外觀普通的建築表現得茫然無措、不屑一顧，而紛紛跑開去拍攝馬路對面巍峨堂皇的市政大樓了。

女兒的問題確實很難回答，也許是因為玻爾相貌平平、為人低調，不具備像愛因斯坦那樣意氣風發出類拔萃的氣度，更不像晚年的愛因斯坦那樣，一頭誇張乖戾的白髮，形象已是半個神？或者，也許是玻爾所組織創立的量子力學理論最初的發展經歷了相當漫長的時間跨度，群策群力，慢工出細活，把人們的眼球都磨平了，缺少愛因斯坦的相對論發表時那種「單槍匹馬，天才的一蹴而就」的爆發力和媒體轟動效應？

我只能含糊其詞地說：「唔，Dear，你知道，人類大眾的想法和記憶常常是——這很有意思。」

二、雙重認證

玻爾是我年輕時心中的太陽，至今仍然是。

上個世紀八十年代，中國改革開放之初剛剛恢復高考招生，我們作為文化大革命後首屆被錄取的大學生進入高等學府。可以想像，大量以前無法接觸到的思想、知識和學問向年輕學子們目不暇接波濤洶湧而來，空空如也的腦袋瓜會怎樣地如飢似渴。數風流人物，我們這群理工科學生首當其衝地迷戀和崇拜愛因斯坦和他的相對論，還有就是，一衣帶水的，內心深處對尼爾斯・玻爾「哥本哈根學派」所創立推進的量子力學感覺五體投地。毫無疑問，由古典物理學脫胎換骨而來的現代物理學，其巍峨大廈正是由這兩根光彩奪目的擎天柱支撐而起的。也可以這麼認為，他們兩個是熱核時代火箭引擎的「點火者」。另外，深深吸引和打動我們這些稚嫩的「後來者」、令每一顆對科學頂峰無限嚮往的心每時每刻陷入「迷思」的是，愛因斯坦和玻爾之間那場經歷了幾十年之久的，有關現代物理學之哲學基礎的經典爭論。科學和科學偉人給予我們的啟發，是思維的激蕩，是心靈的源泉。

四年的大學生活，很快在那樣深厚的薰陶中過去了。

理論是艱深的，行為才更風趣和瀟灑——宿舍裡，課堂上，飯廳內，我們尤其津津樂道這些偉大人物的人格和性格，以及他們的不拘小節和相關的「花邊舊聞」；例如，愛因斯坦總喜歡向客人炫耀他的小提琴技巧，但是卻每每拉走音；又例如，玻爾和愛因斯坦等人在一間屋子裡大聲爭論問題，屋外走廊上經過的人根本聽不懂正在激烈爭論的他們使用的是什麼語言，因為其語法單詞等太雜亂無章了，而屋內的每個人都「以為」自己在說英語。

轉眼大學畢業逾三十年，世態炎涼，熱忱消退，可是那束神聖的火種在心底裡還未完全熄滅，有時候人是會「反向憧憬」的。那次隨團遊北歐途徑哥本哈根，就忽然興之所至，終於在金髮碧眼的幫助下，一了瞻仰玻爾故居的心願。那難道不是期待已久的朝聖？

也罷，在那之前兩年，我去過了瑞士的伯爾尼（Bern），朝拜了愛因斯坦的故居，那日又得以在丹麥哥本哈根向玻爾的誕生之地獻禮致敬，雙雄合璧，雙重認證，心靈圓通，功德美滿。

一個理工科大學生總算在兩位科學教父的親切見證下正式「畢業」了。

三十年。

三、互不相容的原理

我2014年7月去的哥本哈根。2015年初，在新加坡觀看了好萊塢新推出的電影《Theory of Everything》（新加坡譯成《愛的萬物論》），講述當代英國著名的物理學家斯蒂芬・霍金（Stephen W. Hawking, 1942-2018）傳奇的一生。我在這裡不是要評論電影（是一部好電影，後來獲得奧斯卡最佳影片、最佳男主角、最佳女主角、最佳改編劇本等的提名，最佳男主角獲獎）。我要說的是，電影中有一幕，霍金的妻子在飯桌上向他們的一位教會朋友所提到的，霍金當年所面臨的物理學的本質困境：宏觀的宇宙理論（主要是廣義相對論）和微觀的粒子模型（當然是量子論）在各自的領域裡都被證明是正確的、幾乎是完備的，但是它們彼此在基本概念、基礎框架以及對物理世界的終極描述上卻是不相容的（Non-Compatible）；就是說，若一個成立，另一個就不成立，反之亦然，這令天才的霍金極度苦惱。照她的話，如果這屋子裡只有「土豆」就好了，可偏偏桌上同時出現了「豌豆」……。那甚至牽涉到對上帝的信仰問題，上帝為什麼要那樣安排這個世界？

這個所謂的「互不相容的」的難題，正是我上面所提到的愛因斯坦和玻爾之間那場超過了半個世紀的經典爭論所關注的根本課題。

悖論具有顛覆意義：兩個世紀巨擘分別創立了相對論和量子學說，共同建造了支撐起現代物理學巍峨大廈的摩天支柱，但是，這兩根支柱彼此卻是「不相容的」！由此生發開去，他們兩個對於科學和世界的看法也具有「南轅北轍」的分歧。創建開拓並完善現代物理學的劃時代智者卻也為現代物理學帶來了根本性的「裂痕」！不妨說，愛因斯坦和玻爾，他們是朋友又是對手，是同志又是「共謀犯」。反過來說，人類的思想和理智，乃至人類文明的進程又是多麼需要如此這般的兩個互相「格格不入」的絕世天才的絕世碰撞啊！

對於人事的判斷褒貶，肯定牽涉到價值觀或價值取向——如果我們要對得起我們求學時的純潔初衷，對得起科學導師們對我們的啟蒙教育，那麼，我們所傾向和堅持的就應該是：我們評價一個人是否巨人和偉人，不是根據他的「天下一統」的豐功偉績，更不是根據他的翻天覆地的謀略、強權和獨裁，而是根據他身上是否燦爛奪目地閃耀著能照亮我們普通人心靈黑暗的純粹理性的光輝！

時至今日，一方面，廣義相對論的最後一個關鍵證據「引力波」被繁瑣精細的實驗觀測到了（2017年的諾貝爾物理獎就授予了發現引力波的科學家），另一方面，和量子理論與模型有關的極致唯美的「上帝粒子」也無可辯駁地被證實發現了；宏觀、微觀，兩大模式都證據齊備，自給自足，但是，兩者之間的「相容性」卻依然是個嚴峻的挑戰，尋找「統一理論」的艱巨努力似乎還看不到前景通途。愛因斯坦和玻爾依然雙雙站在天堂的門口殷切探看地面上每一項關鍵的理論和實驗進展。

不過，也有不少頂尖科學家指出，同我們所習慣的「大統一」思考定勢和「一元化」理想追求正好相反，「不相容性」或者「互補原理」（玻爾提出的）才富有啟發性，才是物理世界的真實，才是至高無上的真理。

上帝的意志就是矛盾和對立，或許吧。

（《聯合早報》副刊「名采」2018年3月19日）

丹麥哥本哈根，尼爾斯・玻爾誕生的屋子

尼爾斯・玻爾的出生日期

瑞士伯爾尼，阿爾伯特・愛因斯坦故居

人心的回歸

一、紀念碑下的失落感

去年年底，我跟團去芬蘭首都赫爾辛基旅遊，當地的導遊是一位濃眉大眼、英俊挺拔的小夥子，一頭細密黑鬱的鬈髮尤其飄逸瀟灑，大家都先入為主對他有好感。城市觀光的其中一個專案，小夥子帶領大家去參觀芬蘭古典音樂作曲家西貝柳斯（Johan J. C. Sibelius, 1865-1957）的紀念碑，它豎立在一座占地廣大的公園內。在旅遊大巴到達公園前的那段路上，他向旅客們詳細介紹了西貝柳斯的生平，作曲家在芬蘭人民心目中的崇高地位，以及他的一些著名音樂作品，包括最廣為人知的《芬蘭頌》（*Finlandia*）。小夥子的敘述和講解堪稱規範專業。

西貝柳斯紀念碑果然是一件構思精巧、佈置氣派的藝術作品。在紀念碑附近，我和那位小夥子聊了起來，他向我補充說明了為何這座「西貝柳斯紀念碑」當初會由兩組雕塑構成，以及另外一些作曲家的軼聞趣事，這使我對他的專業學識的扎實淵博又增添了幾分讚賞。

但是，緊接著發生的一件事卻使我的看法產生了小小的疑慮和波折：當我因為我們談得投機而隨口向他哼出《芬蘭頌》最後那莊嚴舒緩的頌歌主題旋律時，我原本以為他會熱切回應，不料他卻有些茫然不知所措地看著我，露出機械呆板的微笑，弄得「孤掌難鳴」的我頗為尷尬。我立刻意識到，小夥子對於西貝柳斯的生平典故和生前身後的各種影響如數家珍頭頭是道，可是他卻並不熟悉西貝柳斯的音樂，這樣的「離題千里」多少有些令人意外。

不知為什麼，那會兒，我心裡產生了一種巨大的失落感。

後來，在另外的景點，團裡有幾個老練的阿叔阿嫂同這位導遊小夥子交流調侃，打聽出了他的身世經歷。他是伊朗人，出生在德黑蘭，年少時跟隨父母移居歐洲其他國家（德國或是荷蘭）；中學畢業後修讀專科時認識了一個來自中國天津的姑娘，兩人陷入熱戀，不久他娶了她；結婚後夫妻倆又去中國上海住了兩三年，期間從事過各種工作；再後來又雙雙回到歐洲，輾轉來到了芬蘭，定居下來；現在夫妻倆都做導遊這一行。

那些阿叔阿嫂聽說小夥子在上海住過好幾年，馬上大呼小叫把我喊過去：「喂，上海人，快過來，這位美男導遊是你的『同鄉』哦。」於是我走過去，和小夥子熱烈握手，雖然有點裝模作樣的，可是我們的心的確好像靠近了一些。不過，先前他對於西貝柳斯《芬蘭頌》音律的冷漠反應，在我的思緒中仍然是個「謎」，我仍然不能「原諒」他。

二、人心的回歸

新年期間，我在家重溫了一場音樂會視頻，多年前由俄羅斯年輕鋼琴家葉甫根尼・基辛（Evgeny Kissin, 1971-）和祖賓・梅塔（Zubin Mehta, 1936-）指揮的以色列愛樂樂團合作演出的蕭邦（Frédéric F. Chopin, 1810-1849）《第一鋼琴協奏曲》。

這是我喜歡的組合。

我一直覺得基辛是一根「音樂獨苗」。這場演奏，這位有著一頭蓬鬆亂髮的鋼琴家彈得很華麗流暢也很嚴密細緻，特別是其中的第三樂章《迴旋曲》，我個人覺得，他甚至彈出了些許的童真，讓音樂真正感動了我。

然而，奇怪的是，正因為內心產生了這樣的感動，有某個時刻，正在流逝的音樂對於我竟然有一種如此陌生的感覺。

音樂的迷惑，帶出了音樂的回歸的問題。

由如此這般的聽音樂，我生發出一些奇想：常規評論多有陳述，蕭邦的鋼琴作品集中代表了波蘭的民族音樂。但是我以為，不能過分強調這一點，甚至不大應該從這樣的角度去理解蕭邦的音樂。從更一般的意義上說，蕭邦之於波蘭，就如同李斯特（Franz Liszt, 1811-1886）之於匈牙利、德沃夏克（Antonín Dvořák, 1841-1904）之於捷克、西貝柳斯之於芬蘭，格里格（Edvard H. Grieg, 1843-1907）之於挪威等等，其指向、其聯繫都不免有些牽強附會並偏離音樂的實質。我覺得「民族音樂家」的稱號對於這些偉大作曲家都不怎麼確切，尤其是蕭邦，「民族」的框架（或者音樂的「民粹主義」）對比於他的崇高音樂人格乃是太小器了，太僵化了，也太沉重了。就音樂本身的宗旨來說，就音樂表現的最高成就來說，就音樂和人類心靈感悟的關係來說，蕭邦鋼琴樂曲的每一個音符，其實代表的更是作曲家個人單純精粹的藝術情操、意趣和境界。

這種單純精粹是很可能會迷惑我們的，因為它剛強尖利，而我們的內心往往十分脆弱。

由如此這般的聽音樂，我又不由想起了那次在赫爾辛基遭遇的一時無可排解的巨大失落感，我似乎解開了那個思緒中的

「謎」——出於對待伊朗小夥子的一份同情和同理心。

如今世界上，人們特別是年輕一代愈來愈成為地球村的流浪者；就像這位小夥子，他的到目前為止並不漫長的人生，已經體驗過的，已經難以自拔的，時時處處舉家移民，每到一處適者生存；四海之內資訊爆炸，生活頻譜喧鬧追隨——人們特別是年輕一代愈來愈失去了平靜孤獨的自我，失去了個人作風的直率簡樸，也就愈來愈不可能去把握、去傾聽、去喜歡、去感悟那超越了時代紛亂和天地混沌的古典音樂。在那個伊朗小夥子的日常操勞和西貝柳斯的頌歌旋律之間，有一道難以逾越的鴻溝。

現實現世中，人心的回歸變得何其艱難。

三、老去的意涵

基辛那場演出的風格，還有一些可圈可點的地方：他有起伏搖擺的肢體動作，不過我以為那是為了更好地在演奏時平衡姿態，並不像有些表演藝術家，手舞足蹈，恣意張揚，鋼琴彷彿成了一架危險的高壓電器。尤其值得一提的是基辛的臉部表情，是沒有什麼表情，直白了說有幾分木訥僵硬，這更不像那些表演藝術家，眼波流轉，顧盼四溢，笑眯眯的很邪。

據說這是因為基辛的臉部神經有一點缺陷，不過這「病症」正好救了他！

病情相依，他指尖流露出的幾許童真恰恰對應了他直觀狀態的幾許老去。

美國總統川普在他的最新國情咨文演說中有一段話：

「1944年的D日，美國士兵在英吉利海峽的黑夜中出發，他們只是十八歲和十九歲的年輕人，在脆弱的登陸艇上衝向戰爭史上最重要的戰鬥。他們不知道他們是否會在未來的一個小時內倖存，他們不知道他們是否有機會老去⋯⋯」

那一句「他們不知道他們是否有機會老去」真使我感慨萬千。

老去是福。老去才能接近人生真諦，才能接近音樂理念的單純和精粹！

我逐個回憶起上世紀好多位鋼琴巨人「老之已至」的演奏神態：魯賓斯坦（Artur Rubinstein, 1887-1982）像一具巍然不動、銀髮直立的雕塑；里希特（Sviatoslav T. Richter, 1915-1997）禿髮的腦袋圓碩無比，像一塊花崗岩，戴副老花眼鏡，樂譜上方擺放一盞小檯燈，如同在自家書房裡一樣聚精會神、旁若無人；波利尼（Maurizio Pollini, 1942-2024）走上舞臺時顫顫巍巍的步伐、彈奏時悲天憫人的一臉苦相；然後就是霍洛維茲（Vladimir Horowitz, 1903-1986），腦袋低垂，眼袋深陷，手掌篤定，還有一滴鼻涕凝懸在「萬人之上」⋯⋯

那樣的不拘一格的景象是多麼生動、多麼迷人啊！他們在在向全世界的俗眾，還有向上帝證明了，什麼是人的「有機會老去」，作為大寫的完美的人。

而基辛無疑屬於能夠老去的鋼琴家，那些輕浮的表演藝術家一輩子不能。

說回頭，蕭邦的音樂，西貝柳斯的音樂，不都是具有深刻的「老去」印痕的音樂？

我這個「半老的」人相信，那個伊朗小夥子有一天也「有機會老去」。那時，經歷種種精神和肉體的磨練和薰陶，他終於會在某種程度上同古典音樂融合，因為他的在地生活畢竟同西貝柳斯其人其事有著千絲萬縷的聯繫。那時，他就會用全部的內心真情來向每一位旅客哼唱《芬蘭頌》的頌歌主題。

所以，我原諒了他。不，我喜歡他，我本來就原諒了他。

（《聯合早報》副刊「名采」2019年4月8日）

芬蘭赫爾辛基，西貝柳斯紀念碑，由兩組雕塑構成

人類自由意志的寫照

克里特島（Crete）位於地中海北部，是希臘第一大島，它擁有漫長的古代史，是希臘乃至西方文明的源頭。

島上的克諾索斯（Knossos）是一座米諾斯文明（Minoan civilization）的遺跡，被認為是傳說中的米諾斯王的王宮。這座遺址由英國考古學家伊文斯（Arthur J. Evans, 1851-1941）於1878年進行了最早的完整發掘，出土了大批文物和器皿，以及許多刻有線形文字的文本泥板，揭示了一個曾經存在過的燦爛輝煌的文明。

那次我們上島，隨當地導遊走訪了克諾索斯遺跡後，又去參觀了相應的陳列遺跡考古發現的博物館，館內的物件和作品林林總總，兼有精美細緻和宏偉壯觀。但是，真正令我個人產生極大的靈魂震撼和肅穆的崇敬心情的，是一具中等體型、缺胳膊少腿的破損雕塑，它是青銅或是陶土製作的；導遊自豪地介紹，根據多方考證，這大概是人類歷史上第一次「體現自由意志的肢體動作」的雕塑造型。

那是一個人，一個完整的個人意義上的人，一個全神貫注的人，正做著一個「高難度動作」：抬頭聳肩、支撐倒立、俯衝飛揚、乘風而去。乍一看，有一種極速、極限的刺激，以及一氣呵成的美感。

細看之下，深究之後，我不由覺得，是的，正如導遊指出的，它的舒展外形和緊緻內在所表現的，分明是強烈孤傲的人性渴望，渴望無憂無慮盡情伸屈達致完美追求崇高，渴望實現作為大寫的生靈的那種天生的自由自在——像是一隻精力飽滿的動物，從山巒高峰一躍而下，繼而是恣意狂為的一馬平川，或者是一隻神采奕奕的大鳥，呼嘯展翅凌空升浮，接著是無所顧忌地翱翔於天地之間。

一個頂天立地的人！

表達頂天立地的自由意志！

導遊進一步講解道，之前的一大段古老的史前文明時期，世界各地，不管天涯海角的何方部落、何方城鎮，甚至頗有規模和成就的氏族王朝，達到相當的文明程度和繁榮，至今從它們的遺址考古出土的所有人工雕塑製成、繪畫作品或者其他工藝創造，從主題到內容，體現和傳達的，無一例外，都是對於神以及神之威儀的頌揚讚美和頂禮膜拜，渺小的人類本身是沒有任何位置的，更遑論預想和提示哪怕些微的、弱弱的，與神「平起平坐」的人類的自由意志。而我們面前這個堪稱獨一無二的「普通」雕塑作品，突出強調的，卻是到那時為止，全世界全人類之中，心思、心情的萌芽狀態，第一次有藝術家清醒地意識到「人的自我」，並且更大膽妄為的，第一次有了衝破牢籠、充分表現「人的自我」的衝動和能力——幾千年後的今天，以專業、非專業眼光審視，這衝動和能力，仍然具備了無與倫比的說服力和想像力。

閉眼遙想，就好比，遠古、遠方，米諾斯的一個孤膽「殘疾英雄」，突然間平地而起，做了一個驚天地泣鬼神的曠古動作，一舉擺正了人類一個人的至正理念，並也順理成章地樹立了體魄—心靈的恢弘造化。

真可謂，義無反顧的撥亂反正！

唉呀，對於我這個來自亞洲、來自另一個古老文明的懦弱單薄的「現代文化人」來說，親眼目睹這起源於地中海島嶼的「第一次覺醒」，效果是何等的明目張膽而又震耳欲聾！哎呀呀，那位／那批塑造了這個「先驗、先鋒、先知、先覺」的雕塑造型的偉大先人，他／他們的洞察力和顛覆性，又是何等的突擊貫穿了整部東西方的漫長歷史！

在此，作為對照，有必要提一提另一個舉世震驚的出土陣容：秦陵兵馬俑。

這是兩個極端，但肯定不是兩種對等的文明，甚至不是兩種都是文明。

想像如果把它們分別放在同一個寬闊廣大的場地，兩相比較，可以這麼形容：一個手無寸鐵的體格殘缺的個人，那麼「高難度」的，又那麼舉止優美、從容不迫的，去對峙一個整齊密集並且兵戎盔甲武裝到牙齒的鐵人陣仗。

可是，我默默地，也有點頑強不屈地知道，勝負早就裁定。

一個頂天立地的人，才是一個戰無不勝的人！

看一看時間線，富有啟發意義：那「第一個個人」的雕塑成形，寬泛估計，是出自西元前3650年到前1400年，古希臘的青銅時代。秦陵兵馬俑，基本上肯定，是西元前246年至前208年的製品，比「第一個個人」晚了至少一千多年。

人類社會，有沒有一個世紀的停頓，或者一個世紀的倒退？！

有學者論證過，秦陵兵馬俑可能受到古希臘雕像文化影響，理由是，出土相距兵馬俑前一百年內的秦墓兵俑並不像兵馬俑的陣仗如此巨大寫實；更重要的是，兵馬俑身軀、青銅馬車等實部細節描繪的精確手法，都跟以前的陪葬品的創作概念和體統很不一樣。

而我關注的是另一種不一樣，根本原理、根本精神的不一樣——當我愣一眼看到克諾索斯博物館內那個破損殘缺的雕塑時，不知怎麼，一剎那，我內心近乎同時閃過秦陵兵馬俑的雄壯威武的操演聲響，心中湧起一股無以名狀的巨大悲哀。

可以合理推測，自那「第一個個體」雕塑之後，古希臘青銅時期應該相繼陸續還有更多更出色的同類藝術作品產生，「人類的自由意志」這樣的大題目，應該漸漸成為了前衛風尚乃至普遍形式。

所以，如果學者們的說法沒錯，就是說，秦陵兵馬俑的製造某種程度上具體參考了希臘早期的雕塑創作方法，那麼遺憾的是，它絲毫沒有吸收和仿照（哪怕仿照）希臘古文明古雕塑的最先進、最開化的藝術成果，而只是「西學為用」，拷貝抄襲了一些成熟超前的技藝，用以鬼斧神工地打造一支浩大的、萬眾一心勇往直前的泥塑軍隊，一部反過來能夠徹底鎮壓和摧毀個人自由意志的僵屍機器，為另一類「中學為體」的變本加厲的神話提供美學依據和暴力支撐。

這是東方不敗的神話和神靈。

秦陵兵馬俑的龐大氣勢無疑代表著君主聖上那絕對的至高無上。「替天行道」的皇帝，不管是活著還是死了——死了更可能成為千秋萬代的崇拜偶像——從來就是萬千蟻民眾望所歸衷心擁戴、盲目熱愛的光輝神明。

萬歲！萬歲！萬萬歲！

古希臘的藝術家奮勇向前跳躍了一大步，終於初步開啟了「人文精神」的一道縫隙，而中國古代的工匠們原地萎縮了一小步，或者簡直就是全體向後轉，堅定地關閉心靈，將本該是進一步開拓的人文故事，大陣仗、大手筆地還原到了「神的原教旨主義」。

由此，我更深切地理解了，「文藝復興」的真正含義。

更深切地理解了那聲古典的吶喊，什麼叫做「人是萬物的尺度」。

克里特島還有它的發生在近代的英勇故事。

1941年5月，為了搶奪地中海的戰略據點，納粹軍隊利用滑翔機和傘兵部隊向克里特島發起空襲，展開著名的「克里特島戰役」——那次我向導遊求證這件往事時，她像一位軍事學家一樣教導我，是的，那是人類歷史上第一次有軍隊大規模使用空降戰術。

又是一個「第一次」，不過，這裡的「第一次」卻是類似於兵馬俑陣仗的戰爭工具，是用以殺戮的「創意」。人類的智慧永遠具有兩面性。

那時，克里特島上的居民與英國、希臘等國士兵並肩作戰，保衛家園，多次用步槍擊落了降落傘。不過，經過八天激戰，克里特島淪陷，盟軍撤退。

隨後，克里特島居民走出家門，繼續用能找到的一切武器挑戰希特勒的部隊。這是德軍在二戰中首次遭到當地民眾廣泛的強烈反抗。德軍報復殺害了島上的很多居民。但是，在德軍占領時期，島上的抵抗運動依然活躍，直到1945年德國投降。

導遊繼續對我娓娓道來，當時，島上許多人，即便是婦女和老人，怎樣用自製的簡易刺槍甚至是「廚房武器」，進行齊心合力的抵抗。她又告訴我，島上各處村莊，建有紀念碑，值得去看看。可惜，時間所限，我沒能如願。

回來後我曾查找資料，讀到有位作家的評語：「克里特島一直以來都是自己解放自己，所有人都為了自己的自由而戰。」——哦，「自由」是個視死如歸的單詞。

那個獨立不羈的雕塑，還有整座美麗的克里特島，都是「人類自由意志」的永恆象徵。

（《聯合早報》副刊「名采」2020年6月29日）

人類歷史上第一次「體現自由意志的肢體動作」的雕塑造型

浮光掠影

一、雲南印象

（一）巍巍石林

雲貴高原的巍巍石林俊秀挺拔，它們屬於喀斯特地貌的特徵。

喀斯特地貌的形成過程至少要幾萬年吧，甚至幾十萬年？而若要追溯它們的起源，那片石林大概是在幾十萬年前開始出現的，甚至是幾百萬年前？動真格的、看得到一點成果的時間進程真是漫長得讓人難以想像，古早得讓人麻木窒息！

想起美國電影《飛鳥俠》（*Birdman*）裡那個女兒教育她爸爸：如果整捲手紙展開的長度代表地球上發生過的許多漫長過程，那麼，人類的存在只是其中輕輕撕下來的一截手紙的斷面。女兒拿起一捲手紙，邊說邊撕來加以說明，後來她爸爸拿那截撕下來的斷面摁鼻涕了，老頭子可能認為，人類的德行更像鼻涕。

為什麼現今的人們喜歡蜂擁而至觀望各種各樣的地貌呢？是因為它們奇特壯觀？也許更因為這樣的奇特壯觀是從容建立在久遠亙古的年代之上——摁一把鼻涕、擦一把眼淚那樣的幼稚小動作掩蓋不了認知上的渺小感，那種渺小感裡有屈辱，也有自大，總想要在地球那古老的地質、地理、地貌裡去尋求些許「整捲手紙」的慰藉。把喀斯特地貌當作一種「崛起」好了，大轟隆表現「參與感」能產生強大的聲勢。

於是乎，探究我們意念、行為和習俗的起源和變化，可以歸結到冷冰冰、硬梆梆的「地質學」了？它終究是一門「科學」嘛。

於是乎，石頭的遺傳密碼被破解了，石林像兵馬俑一樣歡呼，像人群一樣歡呼。

像石頭一樣鐵硬，像鼻涕一樣稀軟。

（二）彩色沙林

第一眼沒有看走眼。

第一眼看到彩色的沙林——因為剛剛看過冰冷灰色調的石林——覺得轉瞬間彷彿發生了一場地質學意義上的「貨幣兌換」。這麼說吧，石林是堅挺的「花崗岩硬通貨」，抬腿跨過一境，就兌換成了眼前這堆疲軟的、印刷色彩漂亮的、弄得不好迅即就會崩潰坍塌的「土方貨幣」。價值和價值觀被轉換和稀釋了。

不過，顯而易見的，沙林擁有相當雄厚的「貨幣儲藏量」。

堅硬的「地質學」也隨即變成了飄忽的「氣候學」——意念、行為和習俗統統都豔麗多姿了、變形走樣了、漸漸風化瓦解了，全都在時代進程裡不了了之了。

但是，那色彩、那儲藏量，卻最終固化成了貧乏者們的思想特徵。也可以說，是的，貧乏者的頭腦裡沒有實質的思想，只充滿了沙子。

沙林勝過石林，貶值大於升值。

生存等價麻木。

（三）大理三塔

大理三塔很安靜，大理三塔的倒影也很安靜。「安靜」本身的倒影更為安靜。最為安靜的，是對於塔、倒影和「安靜」，還有對於屹立、觀照和信守——對於所有這一切世俗世相的沉著持久的超渡。

但是，為什麼，為什麼大殿裡的喧囂卻仍然不絕於耳？

咦，是因為我們的內心萬塔林立，一片亂象。

（四）雌雄雙瀑

地下溶洞裡，奔騰不息著兩條彼此緊靠的瀑布。

當地人稱其為「雌雄雙瀑」。切，按照現時流行的「In」的觀點，修改一下吧，這分明是「同志雙瀑」——同性之戀當更能擦出火花（水花）來。

交頭接耳，雙雙泛白——白色人種、白領、白面書生、白玫瑰、白い戀人、白蛇傳、白雪公主、白求恩，不拘一格的話還有白骨精，還有白癡——所有這些那些都白璧無瑕，白得信誓旦旦，白得奮不顧身，白得轟轟烈烈。

不見氣勢，只有態度。

（五）長江第一灣

位於金沙江的「長江第一灣」很張弛，很平緩—站在那裡，我的「心胸開闊」忽然就彆扭起來，就想，這「第一灣」究竟有什麼特別的？它一定得有什麼特別的意義嗎？想歪了。

想歪了總比直來直去的思維定勢有想頭。

有一首歌謠唱道「天下黃河九十九道灣」，那只是象徵性的計數。我不知道天下長江有多少灣？不管有幾道灣，總有「第一道灣」的，它應該是最沒有什麼特別的。

最多，它代表河流走向原生態的初始階段，創始和醞釀就應該是平緩的、不聲張的。

「大音希聲」的力量和形態，虛度時光的美。

似乎，在這「第一灣」之前，更不用說之後了，它已經源遠流長，已經「大器早成」，已經寬泛容忍，也已經……已經包藏禍心。

有人形容長江是「母親的河」，我認為，確切地說是「單親媽媽的河」。

「長江第一灣」——猶豫、袒露、轉折、擔當——她在這裡經歷了她的第一次婚變。

（六）香格里拉

從買賣關係來說，「香格里拉」是概不退換的緊俏貨；在旅遊概念裡，「香格里拉」是一種天地無限的精神變態；在愛情故事中，「香格里拉」是高純度、高「藍度」的昂貴毒品；就電影藝術的表達而論，人們在死亡後的夢裡，才看到真正的「香格里拉」；在人生道路上，「香格里拉」是一個以訛傳訛的「中轉站」或者就是「終點站」——本來人們是看不到任何「中轉站」或者「終點站」的，不，是連人生道路也看不到的。

香格里拉

我確信，「香格里拉」的意思，不是人見到了神，而僅僅是神見到了人。

其中有超量的庸俗煩躁到令神厭惡的人。

（七）黑龍潭

這世界一無所有，除了風景——可是我隱約聽得見風景在小聲地哭泣。

如詩如畫的風景像美德一樣，是一種至深的傷害，一種秒殺，一種冷處理，對我，對藝術，對未來。

而世界卻像無邊風景的虛擬框架，始終凝聚不動，一再禁得起來自外部和內部的嚴苛與空洞的抨擊。

「夕陽山外山」——其實明知遠方的那座雪山之外不會再有任何的山脈和山峰了，那是可以在內心深處停留很久很久的痛苦和失落。

黑龍潭前，不覺心如止水，回憶卻像一條歸心似箭的魚，游得無影無蹤。

「一無所有」與其說是狀態、是心態，不如說是液態、是超導態。

（八）木府

樓臺亭閣，密集規整。

木府

樓臺亭閣的建築格局遵循著一條中軸線，世世代代的威赫榮耀也服從著一條中軸線，喧嘩紛擾的遊人訪客更踐踏著一條中軸線……

這條中軸線的名字叫做「興衰」。

由「興衰」來看木府：偽冒的天堂設計，盜版的地獄製造，過期的人間工程。

二、磨西古鎮隨想（外一篇）

1705年瀘定橋建成之前是川、滇、黔通往藏區的古道上的重鎮。

小鎮就如同一個衣衫單薄、神情矍鑠、談吐質樸的老人，喝著粗茶淡酒，吸著曬煙，向走南串北的旅人語音難懂地講述著陳年陳腐的傳說：茶馬古道上驃悍的騎手，如何威風凜凜鞭聲起伏，策馬馳過要衝，征服窮山惡水，抗拒兵匪一家；或又穿插夾雜講一些時下的新聞「賣點」——大批地質工作人員和成群的職業登山者，怎樣穿越溝口，發掘和考證奇特罕見的「低海拔冰川」。

民風納悶，舉重若輕；地勢險峻，見山是山；人馬踴躍，層出不窮。

古鎮街道上的一些老房子最早的據說是明清時期建的，經歷天災人禍能保存下來實屬不易。都是木頭的房屋——住在木頭房子裡的人樂於得過且過混日子，溫暖、溫存的日子，消沉、消磨的日子，粗茶淡酒曬煙的日子，保存了屋子但保存不了感情、保存不了記憶的日子。

度日如年——反過來說也沒差別，度年如日。

不如說沒有日子。

我在小鎮上看到一座小廟，叫「金花寺」，廟門外的牆上印有一幅毛主席率領紅軍於長征途中到達磨西鎮的圖畫。那是1935年，遵義會議後，紅軍一路苦戰，還沒有擺脫敵軍的圍追堵截，進入川西時只剩下了幾千人。當時紅軍的部隊就駐紮在「金花寺」。

據資料介紹，在磨西鎮，紅軍高層召開了「磨西會議」，會上所做的一個重大的戰略決定就是，紅軍不去康定（西康），而是要搶占瀘定橋，跨過大渡河，進入對岸的少數民族地區。磨西會議雖然不像「遵義會議」，是舉足輕重的轉捩點，但也是一個極其重要關頭的一次極其重要的會議。

實際上，重要不重要，也是馬後炮，都是由以後的進程和結果來反推的。

會議、決議這些玩意兒，是現代黨派政治運作的精髓，中國共產黨那時就把它們領會執行得很深刻、很徹底。「遵義會議」與「磨西會議」折射出一個「落後」與「先進」堪為對照的縮影——在舊中國廣大落後的農村地區，裝備也相對落後的共產黨和紅軍卻能運用先進的組織、宣傳和運動方式來進行革命鬥爭並建立深厚的根據地，進而實行「農村包圍城市」，再進而奪取全國政權。這就好像在一口佈滿沉垢積汙的醬缸裡，大量倒入奶汁（或者倒入不知什麼東西），然後按照「先進的」配方和工藝流程，巧妙製作出符合「中國特色」但不一定符合世界衛生組織頒佈的「衛生與健康標準」的一大塊「乳酪」。我們今天還在津津有味地啃著這塊「乳酪」，儘管它可能已經發硬，已經大部分變質，或者已經完全不是「乳酪」而是腐化流淌的「優酪乳」和「臭奶」了。

最重要的是，好像，那口醬缸還在，依然如故，完好無損。

具有「確立」的底氣和本錢，具有「自信」。

我看著「金花寺」那面印著長征圖畫的斑斑紅牆，以及寺廟後面那青蔥鬱鬱的山坡，覺得我彷彿也把紅牆和青山、把圖畫和黨史像發硬變韌的食品一樣，一塊塊「緊咬」在心頭。

不只索然無味，更加黯然神傷。

紅軍大部隊駐紮在「金花寺」——小廟供不下大菩薩，毛

金花寺的廟門和院牆

主席和其他紅軍領導人當時卻並不住在「金花寺」，而是住在一座天主教堂內。

那座天主教堂建於1818年，是一位遠道而來的法國傳教士集資造的，還是「哥特式」風格。真是不可思議，在那麼早的年代（約二百年前！），在中國那麼偏遠的窮鄉僻壤，外國傳教士懷著那麼巨大堅毅的宗教熱情，建造了那麼一座漂亮的教堂！著名的「磨西會議」也是在這座天主教堂裡召開的，參加會議的有毛澤東、朱德、周恩來、劉伯承等。教堂房屋當時應該是鎮內最好、最像樣的了，即便是在艱難困苦的環境裡，只要條件許可，或者甚至條件不怎麼許可，革命家也是講究規格和排場的。

我突發奇想：當時紅軍面臨絕境，有沒有某位住宿此地的紅軍領導人會「趁便」在教堂裡向「天主」祈禱，保佑紅軍渡過生死大關？嗯，革命家都具有崇高的唯物信念，大概不會做出這類唯心俗舉吧。不過，「天主」倒似乎是「無求亦應」保佑紅軍的，「磨西會議」結束不久，紅軍就按會上擬定的軍事計畫一舉攻克了瀘定橋天險，搶渡大渡河，甩掉了敵軍。中國革命從此掀開了新的篇章。

可是，那一刻，我站立教堂的大門前，卻警醒體悟到另一個人道意義上的普世真理——不管當年有沒有任何領導人向「神」祈求一份庇護和愛惜，但是「神」當年卻肯定以某種方式，向來到面前的革命家們招呼了，宣示了，提醒了，要他們答應，要他們記住，要他們做到，將來無論革命成功與否，成功了就更有責任和使命，去庇護和愛惜廣大子民。

民眾的福音才是革命之最大目標，才是最高的規格和排場！

建於1818年的天主教堂

我相信，這也是不遠萬里來到中國邊地，建造這座教堂的「神的僕人」的最初的宗旨。

宣示與否在於神，聽信與否在於人！

阿門！

外一篇　瀘定橋

紅軍在瀘定橋譜寫了神話和史詩。連帶著，長征也成了神話和史詩。連帶著，整個爭取和實現「解放」的暴力鬥爭也成了神話和史詩。勝利了才有革命的浪漫主義。

太平天國的「翼王」石達開也是傳奇，但僅僅是傳奇。他率部在離這兒不遠的安順場被圍，全軍覆沒。他失敗了，失敗者沒有資格譜寫神話和史詩。他的被捕受刑、慷慨就義只能是一首悲歌。

「大渡橋橫鐵索寒」——鐵索的清寒是由無數先烈的熱血澆灌的，它可以一直寒到歌裡，寒到心裡，寒到命裡。人們在讚美勝利時，沒人會覺得勝利果實燙手。

大風刮過，河水暴漲，腳底下的瀘定橋在晃蕩——太多太長太細、太鬆散、太隨意、太軟不拉幾的故事史料、敘述回憶和連篇謊話等串聯牽扯搖擺在一起，後來者追尋的腳步沒法穩當。

繼往開來，「搶渡」成風——腳步沒法穩當是嗎？那不如給你戴上腳鐐。

三、總統府快鏡

南京民國時期的「總統府」近年經過修繕和整理後，作為「中國近代史博物館」重新開放。2015年1月，我去南京參加我舅舅的九十歲生日大慶，期間抽空去參觀，特攝取幾個小鏡頭，借題發揮。

（一）會議室裡的畫像

看見一個會議室裡，牆上掛著一幅獅子的油畫。

我沒有弄明白，那是純粹物種的讚美，或是政治性的暗示，又或是審美的度量？

在這裡，裝飾的作用和效果肯定不是技術性的問題。

不過，把它擺在「歷史」的框架裡展出——號稱「近代史博物館」麼——卻是對精神和人格的嘲弄，甚至是羞辱。

彷彿刻意對照，另一面牆上掛著「國父」孫中山的像——廣義言之，如果一個民族的領袖從來未曾見識過斑馬、犀牛和長頸鹿，那他肯定就連一頭孤獨的獅子都做不了。他的「天性」根本不能在生態哲學上，甚至於都不能在動物學的意義上完全理解大自然所慷慨提供的廣闊平原。

我不知道那是非洲獅還是亞洲獅，徒有雄壯的外表，然而卻是名副其實的「睡獅」，因為又是它的「天性」作怪，一天非得要睡足二十小時以上，其餘的三四個小時，與其說牠醒著，不如說牠餓著。等牠吃飽了，就又要進入長睡不醒的狀態了，睡相也雄壯⋯⋯

牠的生理週期就是牠的歷史週期。

會議室，牆上掛著獅子油畫

（二）熙園暮色

熙園的暮色著實有些淒涼，是所謂的「晚景淒涼」。

「淒涼」有時候也可能是個有尊嚴的詞。

想像一個面色蒼老灰白的小販，擺賣了一整天（或兜售了一整個歷史時期）的貨物，卻生意蕭條，正準備收攤，正自艾自怨，正飢腸轆轆……。擺賣和兜售的東西性質混淆：既有造假的私貨，又有官方的紀念品，還有一些她自個都說不清楚的玩意兒。不過她的自尊是不賣的，非私非官的自尊，雖然也不值錢，但說得清楚。

她——熙園暮色，端著上了年齡、身子骨仍然硬朗的架子，端著孤獨女性的堅強守寡的架子——那攤販是個衣著外觀還算整潔的老太太，左鄰右舍還算尊重她，或曰還算把她當回事。如果現今大部分人，男女老少，都活得很表面，活得很底層，活得很骯髒，那麼，看起來依然清爽的壽命就是唯一值得羨慕、值得守護的東西了；哪怕，儘管，無非，如周作人自況的，「壽則多辱」。

客隨主便，人隨運。

憂慮的是，熙園的清爽的暮色總有一天會被某個背景大有來頭的慈善團體或者環保機構「榮譽領養」，或者乾脆由重磅醫療組織給予高級別的「安樂死」？

讓我們以宏觀的歷史角度來解讀這一切吧——歷史刻薄，角度深情。

（三）庭院的色彩

總統府裡的庭院是有色彩的。

總統府庭院裡的色彩是修補過的。

據說這總統府的地盤上從明朝起就有「漢王府」了，所以，在漫長的數百年間，想必其中的很多局部地方的很多表面色彩，經歷了很多次的修補。虛情假意任勞任怨的修補。

說起「修補」，政治家、野心家才是真正巧奪天工的匠師。先得有改朝換代的意志和決心，然後還要有能力、魄力組織起雷厲風行的力量和行動，摧枯拉朽了現成的一切之後，大權在握之後，再來談修修補補妙手回春的手藝和功夫。權力秩序絕不能顛倒，濃妝豔抹可以商量。是故，那些經過修補的色彩，最「正」的反映也不過就是：「雕闌玉砌應猶在，只是朱顏改。」再往歷史的長河裡探詢，遙遠的另一邊一定有人對應回應：「獨自莫憑闌，無限江山，别時容易見時難。」

這個民族盛產政治家、野心家——幾十年、幾百年過去了，各方（已經老早不是當年的當事方）還在熱衷玩這一套「色彩」遊戲，還在忙著進行或者準備進行各種各樣的「修補」。

只看海峽兩岸，仍然在無休無止死纏硬繞地爭論「一個中國，各自表述」——那種「改朝換代」（偷樑換柱名曰「統一」或名曰「獨立」罷了）的意志和決心毫不動搖，「表述」的真意，無非是要獨領風騷，壟斷色彩。兩種色彩互不相搭、互不相讓、互不……，到時候高下勝敗必然要見個分曉的，最後就必然要看誰更強大、更有力量、更雷厲風行了，嗚呼！

試問，可以至少「各自不表述」嗎？

乃至於可以至多「兩個中國」嗎？

唉，答案是，肯定不可以——太多的人，習慣於試圖粗暴地抹去別人的色彩，也習慣於用強力染色劑把自己塗得滿臉滿身濃烈凶暴的油彩。

不禁要大聲疾呼：讓「色彩」回歸色彩！讓「修補」走入不再需要修補的歷史！

還不如讓我們看到一個原色一點的、黑白一點的、暗調一點的、散淡一點的園林庭院，那樣，我們的眼光可以保持審美的餘地和器量，我們的人文良心也不會患嚴重的色盲。

（《新語絲》月刊2017年9月）

注：磨西古鎮，距瀘定縣城五十三公里。「磨西」為古羌語，意為「寶地」。小鎮坐落在崇山綠水之間，該地海拔約一千六百米，居住有漢族、彝族、藏族等十二個民族，氣候四季分明。

風景組合

用凝練的文字攫取風景的片段——從中國的西北山區到東南水鄉，從古都金陵的郊外到東南亞的麻六甲／新加坡的旅遊景點，它們是客觀世界的呈現，更是一種個人心靈的存在。

讀風景的方式，是背離自我的方式，甚至也是背離歷史的方式，因為總想要追求每一道風景的自由和真實。由天道領會人道——設想這整個地球上如若沒有一個人類，那麼所有的風景就既是天堂，又是地獄。

一、賀蘭山的秋天

無用的秋天　不會改變時代的形狀
不會改變知識中的罪行
但它會影響我
使我成為一個有感官的人

——于堅

那一年的深秋，在天高雲淡的寧夏地區，我背著一個半舊的軍用書包去登賀蘭山。

——肯定是秋天。

海拔二三千米高的山——若是在內心深處抱定頑固不化的

「唯心論」，那麼實際上，在大部分季節、大部分氣候條件下，登上這樣威勢等閒的山脈以後，人們的感受都是大同小異的，除非你是一個高歌猛進血染風采的死硬派。對了，說到氣候，今天全世界都在高談闊論氣候變暖，這裡面，有一些慷慨激昂的論述和呼籲總給人肆意假冒和蠱惑人心的感覺，真正唯心的感覺，幾乎是幸災樂禍，好似氣候或者其他重大的自然因素真的輕而易舉地受人操縱、受人愚弄了，人類在表達自己的憂慮時難免不同時是在顯露和販賣自己的造作和得意。抱有稍微誠懇點的態度的話，倒毋寧說，氣候（氣象）不就是一座幾千米高的山嗎？它並不「一覽眾山小」卻也巍然屹立，人的力量又豈能隨便撼動它！毋寧說，氣候就是它堅貞不屈的本身，它的變化就是它本身的變化和造化，它遠遠高高、冷冷漠漠地凌駕於人類反反覆覆的自大嘮叨之上，獨守著這顆星球的生態大義。出於這樣「一概免除環保義務」的想法，我在出發之前就關照自己，不如這麼看吧，山就是氣候，氣候就是山，人在爬山時可得忍著點、看開點，儘管你並不清楚需要忍著什麼、需要什麼地方看開。是的，首先，別狂妄自大——最好一邊爬山一邊保持一種離大山（也離捉摸不定的氣候）遠著點的心情。

心情這東西，特別是人年輕的時候，常常自己都嫌棄，卻又更常常都寵溺——深入想起來，那一年我出發去登賀蘭山時的心情是一種無緣無故的心情，說不上是坦蕩，當然，也說不上是戒備。不戒備吧，就是說，不戒備自然，不戒備自我——就是說，軍用書包裡裝了民用的心情。

最好是無用的心情。

——肯定是秋天。

賀蘭山多的是細而碎的荒石。心裡在琢磨，也在感覺：這細碎的荒石是由山峰的斷層或裸露的巨岩經歷了億萬年無比漫長而嚴酷的歲月，風化演變而來的。似乎是在一句話間，它們就這樣形成了，感覺也就這樣形成了。山峰岩石，還有其他無數默默無聞但卻很實體、很物質的東西由碩大無朋而變為散漫細碎，這現象很乾脆地提出了迫使人們要回答的問題：以往所有的嚴酷歲月和光輝歷程要怎樣去悉心地收集整理，並且，進一步地，因為與此有關的意識形態牽涉了人類社會的進化語境，所以，要怎樣去盡情地歌頌和發揚光大呢？反之，個人主觀感覺的優柔和零碎，乃至想像的空洞貧乏卻完全體現不出些許有價值的神聖把握、神聖展望、神聖激勵來——秋天裡，賀蘭山的秋天裡，以至於所有我們有過的秋天裡，我們的思想竟然顆粒無收。

——肯定是秋天。

賀蘭山又多的是連綿起伏的山丘，如偉人寫過的：「蒼山如海」。攀爬上某座低矮的山崗，站立觀禮臺一樣的山崖邊緣，放眼無數土方石塊小波小浪般從面前風雲際會擴展開去，直到天際盡頭，像在看另一個未開拓的星球表面——不禁疑惑地自問，這就是當年抗金名將岳飛勒馬揮戈、仰天長嘯「駕長車，踏破賀蘭山缺」的地點所在？大智若愚，那麼「大山若丘」？

好吧，好吧。在這「若愚亦若丘」的秋天，雖然甚至連山脈的概念都變得有點渺小、渺茫了，但事物卻依然隱含某種超越生存意義的底蘊。在進入低迷的冬眠之前，在進入更曠日持久的沉荒恆寂之前，山河故人早已開始陪伴天地進行精神絕食、精神絕育了——於安息中洞察終極的奧祕和先機。在天地的盡頭，渺小、渺茫的事物最終是會和偉人寫過的宏大博大的字句榮辱與共的。

——肯定是秋天。

賀蘭山更多、更常見的，在岩坡陡壁的夾縫內，到處生長著稀疏的灌木類植物。一叢一叢的，黃了，非常一致的黃，一致到彷彿你親眼看見、親自追認了它們是由別的顏色或由基本上沒有顏色而逐漸逐漸黃過來的。賀蘭山的秋天借助於這樣一致的黃，裝扮了它的讓人容易識別的地貌，也裝扮了一種貌似委頓其實豁達的意念，幾乎隱退到夏季，幾乎隱退到春季裡去了。賀蘭山的秋天像個莊嚴又潦倒的「黃種」窮漢，在其他三個分散的季節裡不停地長途跋涉、往返流浪。

我也就那樣背著我的半舊的軍用書包，邁著老兵的步伐，跟隨賀蘭山的秋天一路流浪、流浪……

直到灌木叢換上另一種黃色。

——肯定是秋天。

二、武夷山素描

（一）天車架

險峰惡崖從兩邊齊齊夾住僻靜狹窄的山谷。

立在山谷內翹首仰望，在幾十丈高的峭壁危岩上，隱然顯現一副「天車架」的遺跡。

「天車架」，是古時一種大中型的木製裝置，由「巧奪天工」的人力安裝固定在山崖高處的岩洞旁，用來將雲梯或其他的升降器具凌空收攏鎖住，地面上的凶惡之徒因而無法循現成的梯級由下而上地進登侵犯岩洞；而對自己人呢，需要時「天車架」又隨時可以放下雲梯、繩索等，讓他們安然攀爬上去或者從頂上的洞窟順溜下到地面。

亂世裡的大戶就利用這樣的在絕險、絕高處附設了「天車架」的岩洞，暫時安頓一家的婦孺老小和細軟財寶，以避兵禍，以逃匪難。「天車架」成了他們在屢屢的危急關頭退卻據守的得力幫手和依靠。

世道坎坷，這樣中用的俗物，在風雨飄搖的天地裡懸掛久了，我是說百世千載的久，海枯石爛的久，就會在形態上產生出幾分貫穿胸襟的空寞。現世中，即使是富足的人們，一眼看見它們，也會莫名陪著生發一種傾家蕩產的感覺。

機巧的是，沿山谷行走，見到的幾副仍算完好的「天車架」，沒有一副是鬆開垂懸下來的，而都是處於「收起鎖定」的狀態——就是說，我們這些地面上的遊人、外人一律被這樣的形態「拒之門外」，只有仰首觀望的份，不得使用通行器具自下而上一窺究竟。心說，奇了耶，難道千百年前的某一次，到了危機的最後關頭，所有家族的情況都是一樣，「最後一批人」躲入上面的洞窟，慌慌忙忙鎖完「天車架」，就從此「安居樂業」，沒有再下來過？難道之後那些家僕、護衛們不管世間發生了什麼變化，寧願在那上面等死，然後就死了——那樣一直死著，就等同於忠義無悔地守護了主人家世世代代？可能吧。

這樣一來，這些「天車架」，這些在「天上面」的神器是永遠不可能再被人工、人力放下來了——也因為「下面」，下面的這個風雲變幻的世界上，早已經沒有「自己人」了。

（二）懸棺

一座幾百米高的不算險峻的山，山頂四面臨風的樓閣裡，靠窗的三角架上立著一墩高倍數的望遠鏡。

遊人可以免費從望遠鏡裡望見對面很遠很遠的山壁上，在接近天空和雲彩的高度，有一具由巨大整體的石塊鑿成的古代「懸棺」擱置在一小方岩洞內。不，嚴格地說，是「懸棺」的一大半擱置在岩洞內，另一小半則騰空懸伸在岩洞外的虛空裡——那神祕的「懸」才是重點。免費的。

作為背景襯托的虛空倒絲毫不「懸」——「只要你有勇氣在虛空的沉默裡大聲疾呼，就會有人聽到。」不禁想到某個內心充滿焦慮然而行為卻熱情奔放的哲學家的這句斷言。**

眯起眼睛通過望遠鏡的鏡頭仔細聚焦看去，石棺「懸而未決」卻有虎踞龍盤之態勢。久遠的風，以及無窮的流年光陰，拂盡了它周圍的微塵纖沙，死亡成了潔身自好的展覽。方正厚實的棺蓋緊密蓋著，紋絲不動，而棺體一如既往穩如泰山，儼然有一種不驚之美。長時間遠距離注視的分分秒秒過去，鏡頭裡甚至鏡頭外都終究沒什麼動靜。笨惑的內心感覺到這也是一種遙遙對立的抗衡——這個靜態的景象倒也頗為符合那些推崇唯物論的學者大師所追求的「清汙去垢」之後的「沒有附加物的實在」。**

那時是怎麼把巨型沉重的石棺懸吊到那麼高空的岩洞內，以及到底為什麼要那麼做、那麼「懸」？對於這些問題，現代的人眾說紛紜。

這邊樓閣內的那墩高倍數的望遠鏡總是個寶物——架起它，借助它，我們把與世隔絕了無數個年代的那一小段「懸」重新衡量了一遍。

衡量？未免言重了，也不過只是輕巧隨興地觀摩而已。懸儘管懸，還沒懸到在人的心底產生虛妄的理由，去猜測和擔心「生」和「死」的交叉平衡會在某一個瞬間傾覆顛倒。

（三）靜水

竹排從河灣異常平靜的水面上無聲無息地滑過。

因為彎彎的水面不起半絲波紋，竹排上的每個人都在心想，這兒的水一定是無深無險可言——有人就把這想法說出了口。

撐排的民工卻告訴遊客，這兒的水段是整個武夷山河道中最深的一處。他當場試給乘客們看，近二丈長的竹篙完全沒入水中，仍然沒有碰觸到水底，就像我們平日單調的所作所為根本探測不到春花秋月的「底線」。

再說到險，河灣一面傍岸，另一面是陡崖絕壁，民工旋即指指崢嶸的山貌，又指指綿密的水勢：「靠山崖那邊的水下有許多溶洞，水流不斷地進進出出，所以水底下其實有很多暗流漩渦，凶險著呢。」每個人聽了都咋舌。

因為竹篙撐不到河床，無法借力，所以實際上就只好聽任載人的竹排順著水底暗流的暗勁自然而然地漂浮——漂浮移動著慢慢轉過表面平靜如鏡的河灣。

一面在水上隨波逐流轉，一面坐在竹排上定心定氣地琢磨山水依存的命理。

不由覺得，山水總含著些深淺，含著些曲直——由此及彼，亦含著些念，含著些苦。想起一位受苦受難的老前輩歎過，歷盡滄桑的總是平民百姓。哎，歲月無痕，歷盡滄桑的又何嘗不是每一方孤寂立足的山水！

三、金陵郊外的考證

上世紀八十年代末，我們三位大學機械工程系的青年教師暑假期間在南京帶學生實習，工作很緊張辛苦，但偶爾也有休閒。某天晚上，三人在旅館一起翻看一本介紹南京周圍風景區的旅遊小冊子，有幾頁講「陽山碑材」的材料引起了我們極大的興趣，因為那上面把它公然稱作「金陵第一景」。

頓時覺得這「第一」倒非看看不可。玄武湖、莫愁湖瞧得有些「水膩」了，紫金山、棲霞山感覺著也失去了其地理氣度，換換角度看點「野」的吧。於是趁星期日，順著那本旅遊小冊子的指示，乘了老半天擠滿鄉民的長途班車，下了車又費了不少勁向不大聽得懂普通話的當地人打聽，七轉八彎，最後在一個人跡罕至的山坳裡找到了它。

不過老實說，三個人誰都不敢十分肯定我們找到的——勉強點說有些像「不期而遇」面對著的——面對著的，索索然的，的確就是那塊傳說中的「陽山碑材」。

一是因為它的體魄和氣勢龐大得無與倫比，簡直就是一座蹲伏在大山深處頂天立地的青灰色峭壁，或者《星球大戰》裡隱藏絕地的巨型怪獸，而我們實在也無法嚴格地運用渺小的幾何感知能力去區分一塊巨大碑材和一座天然峭壁；二是因為天氣太炎熱，山坳裡的風蕭草瑟同內心的沉思迷情產生了一種催眠性的混合物，使人不知身在何處，更難以去辨別現實事物的虛實真假了。

但有一點是真的：這塊所謂的「陽山碑材」的超級體積百分百打動了我們。據那本旅遊小冊子上的介紹：長（若直立起來應該是「碑高」）達七十米，寬近四十米，厚逾十米，當之無愧是一座橫倒的摩天大樓。即使在今天，即使在明天，即使到永遠，這都是真的，都是超級棒的！我們的心胸剎那間變得很原始、很愚昧——我們頭腦裡的某根「知識之弦」在極力否認我們能夠深刻領會某一類尺度空間上數字的乘法！

這塊不同凡響的超級絕世碑材——我們當時在想——上蒼一定用它押注，賭過什麼至大至性、至情至勝的事物。

然而，後來不知道發生了什麼事，或者不知道誰意氣用事賭輸了，以及不知道賭的結果如何見了分曉，總之，這塊重大的賭注最終被遺棄在杳無人煙的荒山野嶺中。我們三個私下交換意見，達成幾乎一致的看法：從那以後「宇宙之主宰」想必便制定了鐵的條律，神不可以和神賭，神也不可以和人類賭，至於人類和人類之間麼——唉，隨他們去吧。

為何這「陽山碑材」始終只是橫倒的「材」而沒有成為豎立的「碑」呢？

早在明代初年，民工在大山裡的採石場原址開發了這塊「山體碑材」，皆震驚於它的舉世無雙的特點：完整龐大、色澤均勻、質地優良。據說，一大群技藝高超的匠人被召集攏來派到現場，對它進行了初步的毛胚加工。長年累月，零打碎敲，已經完成了略具規模形態的外觀。粗加工完成後，本來打算將它移至明孝陵的，在那裡要對它進行最後的精細加工和標準建樹，使它成為一塊空前斷後的巨製豐碑，「陽山碑材」之名由此而來。

但最終的最終，由於某種原因該項艱巨宏偉的搬運和加工計畫被迫放棄了。

探討這原因，好像是在探討一種極限。

一種可能是技術上做不到。以明朝早期的技術手段，要把如此巨型的「陽山碑材」從金陵郊外弄到紫金山可能是有些力不從心的。不過話說回來，在專制極權朝代，對於皇帝要做到的事情，誰又敢輕言放棄！愈困難愈難於上青天的事情反而往往愈能激發出皇上的英明決斷和無比偉大的氣魄，而且隨著這樣的決斷和氣魄而來的必定是至高無上通行無阻的暴力。翻開一大本中國歷史，皇帝倒行逆施病態殘暴是天經地義的，有句老話叫做「無奸不商」，反映了對商人和商業的歧視，利用來改成「無暴不皇」就合理了。將「陽山碑材」移動到明孝陵給朱元璋立碑，也可看作是這位出了名的暴君身後的暴政之一。所以我很懷疑朝廷和朱元璋那深得他暴政真傳的四兒子明成祖會網開一面，體諒技術苦衷和人工能力之局限，破例允許推遲甚或取消這項「朕定勝天」的重大標杆工程。

另外還有一種可能，我內心傾向的，就是那些工匠在朝朝夕夕對「陽山碑材」刀鑿斧砍的日子裡，逐漸逐漸觸摸到了它深層的脈搏和肌理，從而愈來愈對它產生了真誠的敬畏。那種禁不住要對它頂禮膜拜的情緒在工匠中蔓延開來，結果使他們全體默契達成了一個最終的決定：不再用他們凡夫俗子的雙手和工具繼續碰觸這塊天造之物。

儘管他們這樣做的後果肯定是會激怒凶暴的皇上，而被大開殺戒統統殘酷處死的。

在那當兒，人類決心要和人類賭一賭！預先知道了結局的豪賭。

世界上很多民族都有崇拜雪山、湖泊、太陽、月亮等「無生命」之物的習俗。一塊無生命的石頭的生存形態比有生命的動物、植物是否更為基本和抽象，也更為永恆？我們常常喜歡高談闊論「永生」，其實就更高層次的觀念來說，「永死」是否才真正值得歌頌和崇敬？

想必，那些工匠們也同時摸索發現了這個真理，並義無反顧地實踐了這個真理。因為憧憬這樣光輝覺醒的實踐，他們無畏於被處死；因為擁有這樣自身深切認可的樸素真理，他們不由自主地超脫到了一個「忘情忘生」的境界，煉獄之火也奈何不了他們。

當然，還有，他們熱切祈望，儘管不很確信——今天來看，那樣的祈望和不確信仍然具有沉痛的現實意義——他們的後人能夠仰慕和追隨他們的偉大操守，那就是，他們堅決拒絕將「永死」的榮耀給予一個躺在棺材裡的暴君！

四、燕子磯的落日

磯，照《時代新漢語詞典》解，是為水邊突出的小石山。

彼塊突出的「小石山」地處長江中下游的陡岸邊，成年累月，沾染了這條歷史性、地理性河流的澎湃風氣，體態中別有雄姿，形勢上意味非凡。任何時候、任何角度望過去，它都輕巧如一隻展翅凌空的飛燕，昂揚如整片迎風起舞的雲彩——然後呢，然後是一個完美和永恆的定格。

定格！有點像「蓋棺定論」。

這段定了格、修了形的「飛舞」，有著無比巨大的內在力量，它能銜住垂直的崖竇旁「刀魚段」漩渦狀打轉的湍急浪濤，欲撈起江對面「八卦洲」迷濛羞慚的落日餘暉，並且還莫非遙遙叨唸著的，卻又是匆匆一枕的煙花春夢——遠處南京長江大橋那兒，人工搭建的3月的黃昏……

於是感歎：中國的文人、中國的哲人、中國的賢人、中國的仁人、中國歷史上所有的有人格而被定了格的人，都素來講究具備一副所謂的崢崢傲骨——好，好的，我在這兒就看到了，一塊平凡的不怎麼起眼的小石頭，充其量是中石頭，怎樣在風起雲湧間，由命運作美，更由人力烘托，「傲」出一大番卓爾不群的塑彩來。我們這樣的青澀學子心理素質真是太嫩太戇了：請立即肅然起敬，熱烈鼓掌。

燕子磯——它就是活生生的中國古往今來無數風流人物的寫照。

像我們古老的開山詩人、顛沛流離在汨羅江邊的屈原先生那樣狠了心刁難自我、別住勁不願虛「傲」亦不願高「傲」，更閉起眼不在意身後的所謂不朽、所謂非凡，而寧願奮不顧身從險處、從高處、從心靈深處跳下去投水自沉的，真是前不見古人，後不見來者。

君不見，投身急流沉入江底，餵了魚成了泥，一切消解，就再沒有了高升飛浮的形象，就再沒有了美妙的格式修煉或「量身定做」的絕代風華，那都是可資一代又一代的筆桿子、話癆子、神算子、老謀子借鑑稱頌、彪炳史冊的。

作為對照，誠可謂，「苟活的」燕子磯就變成了一種被動的虛偽，而那種「文哲賢仁」的傳統文人的人格和處世哲學就代代養育了主動的愚蠢。

世道人心已經太輕飄，即便是燕子磯的落日也輕飄得惹人嫌。

看著燕子磯輕飄飄的落日，陪襯那種讓大眾心領神會的情景雕塑感，還有許多潛移默化感人肺腑的勵志教導和口號，你的心中若突然湧起屈原《離騷》那憤憤、怨怨、哀哀、痛痛的主題，或者拉近了說，耳邊若迴響貝多芬（Ludwig van Beethoven, 1770-1827）《命運交響曲》那怒海翻騰的旋律，那毫無疑問是不合時宜的、荒唐的、矯情的、反動的。

出世、入世，輕飄和沉重理當各為其主。然而，「正能量」充得太足，心一旦濁重，人就輕飄，那是同時發生的，互為因果的，虛誇擔當的，無從補救的。

不過，古老民族的文化精粹源遠流長，且充滿經久不息的生命力——燕子磯是人才輩出代代相傳的燕子磯。

輕飄才出形象，金科玉律，快捷便利，歷來如此，往後還是如此。

補注

關於形象的問題，不如還是藉觀賞音樂來抒發一番見解。

那天在YouTube上面觀看勃拉姆斯（Johannes Brahms, 1833-1897）的《第一鋼琴協奏曲》，鋼琴演奏是魯賓斯坦，老年時的魯賓斯坦。觀看完後，我順便流覽一下留言，見有人評論說，魯賓斯坦的演奏缺乏激情，沒有充分反映作曲家激烈的內心衝突和苦悶。還有人批評這位上世紀世界排名第一的鋼琴家已不復八十年代中期的精闢和輝煌。

怎樣理解魯賓斯坦，甚至怎樣理解勃拉姆斯，常常是見仁見智的。

首先，魯賓斯坦演奏的節奏緩慢，那應該是他和指揮〔荷蘭的海丁克（Bernard Haitink, 1929-2021），同樣是一位名家和大師〕所共同探討後決定的——我不由想起加拿大鋼琴怪才格林・古爾德（Glenn H. Gould, 1932-1982），我們且不說他和伯恩斯坦（Leonard Bernstein, 1918-1990）當年合作的那場舉世聞名的「災難性」的音樂會，曲目就是這首勃拉姆斯的《第一鋼琴協奏曲》，其演奏照有些刻毒的評論認為，「慢得使人昏昏欲睡」，「聽上去令人極不耐煩，好像長時間在車站等車的感覺」；只說他另一段著名錄音，去世前一年錄製的巴赫（Johann S. Bach, 1685-1750）《哥德堡變奏曲》，亦彈奏得異常和緩，有時甚至是遲疑謹慎；以及上面提到的另一位音樂大師伯恩斯坦指揮的他的最後一場公開音樂會，其中的貝多芬《第七交響曲》，慢速地層層推進，音調與對比的猶豫不決的處理⋯⋯。我說的是，所有這些「緩慢」的雷同並非巧合。對他們這些終極高手來說——也許到了老年，來得不算太遲——終於都覺悟道：快速疾進可能和所謂的激情恰恰是背道而馳的。至少在藝術領域，激情這東西特別需要耐心咀嚼和持久內省。

其次，魯賓斯坦的觸鍵稍嫌深沉，整篇作品，從頭到尾幾乎聽不到一個可以說是輕快通透的音符。要彈得通透乾淨漂亮，直至揮灑出令人讚歎的質感，按照他幾十年的演出生涯中所表現出來的技藝功底，應該不費吹灰之力。但是，無疑地，在這場演出裡，魯賓斯坦刻意地要求自己「沉下去」，心和手都沉下去，不再在表面、上面飄舞跳蕩。這又體現了一個背反的定律：需要加以掩蓋和克制的內心衝突才是深刻的，有「重量」的。藝術若到達一種絲絲入扣的地步，「爆發力」這樣的詞語絕對應該杜絕。

最後，就是魯賓斯坦演奏時的表情了。白髮蒼蒼的他神態自始至終嚴峻苛刻；嘴唇緊抿成一線，沒有鬆開過；幾十分鐘裡肢體動作為零（除了手指的彈奏）；眼皮幾乎從不抬起，加上緊鎖的面部和眉心，有時都可以說透露出一種帶有厭煩的專心致志——插一句，另一個人到老年的鋼琴家波利尼更為過分，我看這老傢伙彈奏莫札特（Wolfgang A. Mozart, 1756-1791）

的《第二十一鋼琴協奏曲》時臉部的表情居然是一副悲天憫人的苦相——演奏家和他演奏的作品是不分離的，他即時然而深入地活在了他演奏的音樂裡，那是一種壓榨性耗損型的精神負擔！他哪有心理空閒去外露展現那種自我滿足，更不用說是賣弄神采飛揚的表情了！但是同時，真正的演奏家，他和他正在演奏的作品又是分離的，他能夠把他自己「抽出來」，他不在那兒了，他在一個合適的「遠處」觀看自己的演出，所以他又具有作為觀眾的必要的審度與平靜。總之，他不屑於在整場演出中在在意意地「雕塑」自己的形象——推展去，無論是公開演出時，還是平時「祕密做人」時。

拒絕運指如飛，拒絕輕飄通透，拒絕神采飛揚——好像還少點什麼。

哦，另一位上一世紀的鋼琴家，排名在魯賓斯坦的左右，俄羅斯的里希特，我看過當他老年時（又是一個老人！）記者採訪他的片段，他總結他的一生，對著鏡頭只說了一句話：「我不喜歡我自己。就是這樣。」

這就對了——魯賓斯坦的厭煩，還有波利尼的悲苦，都是由衷的、平靜的、自在的。第四個拒絕：拒絕喜歡自己！

擁有極致的推己及人的內心平衡！這是真正的大師們的共同寫照。

好了，我這裡一共講述了魯賓斯坦、海丁克、古爾德、伯恩斯坦、波利尼、里希特等六位老人，不對，還得加上勃拉姆斯，七個老人的精神世界。可比喻為七個「小矮人」——對於這些藝術人精來說，老，真是一種福分。形象得以平息和終於消解的福分。

五、港灣裡的木帆船（外一篇）

這次去麻六甲碰到了一些麻煩、一些挫折。我甚至在擔心，麻六甲可能會成為我事業前途的滑鐵盧。

本來那家客戶說好了要和我們公司簽署購買合同的，那可是一家進入幾百強名單的大客戶，合同數額幾千萬美元，可事到臨頭客戶又反悔說需要再慎重考慮我們提交的方案是否可行。我這個銷售經理一年半載以來積極負責跟進此案，這次終於看到曙光，便約了我的董事老闆興沖沖去到客戶那裡，結果兩人灰頭土臉地被他們財會部門一個能言善辯的精瘦老女人打發走了。

我的老闆通情達理，沒有責怪我，只是敏銳地告訴我，如果排除那老女人的性傾向或者生理大週期在作怪，那就只是產品的價格問題捅的婁子，因為顯然，還有別的競爭廠家在大肆壓價「破壞市場」。老闆叫我再耐心修改報價，重新讓客戶審查——如果有辦法通過我的內線關係繞過那個老女人，那就更好。

事後的午餐時間，老闆還特意請我去吃了麻六甲當地著名的雞飯團，並開玩笑跟我講雞少吃點、飯團多吃點，雞和飯團的「報價」是不一樣的。飯後他有事要急著趕回新加坡，不陪我了——挪動發福的腰身和沉重的屁股坐上他的BMW 700系列的駕駛座時，他一邊戴太陽眼鏡，一邊問我要不要和他同車回，這樣一來我就不用約叫本地的計程車了？他說今天反正是星期五，載我回到新加坡，我就不用去公司了，早點「放我假」回家體驗家庭溫暖吧。我這個做下級的，做謹慎、做假裝慣了，便找了個「專業的」藉口說這兒另外還有個客戶下午要去摸摸情況，婉言謝絕了他的好意。董事老闆點點頭，說了聲「take care」，輕踩油門揚長而去。

望著絕塵遠馳的BMW，那分明代表一種具有包容心的奢侈，我能加倍體會出老闆的不捨和深沉——精英們的消費主義才是這個「唯經濟時代」的真正動力。BMW在視線裡消失了，我看了看手錶，才一點半剛過，這個時候去找客戶還嫌太早，客戶剛吃飽午飯精神頭歇著，還沒有任何動力。到哪兒去轉悠轉悠吧，雖然經常來麻六甲出差，但好像很久沒好好逛過它的大街小巷了，今天，擠點時間給自己的感官吧。

我獨自順著柏油鋪就的粗糙小路走去，轉了個彎，溜過一座陳舊的水泥橋，就到了著名的旅遊景點，那艘巨大的仿古木帆船停泊的港灣。

陽光明媚，陽光也是輕踩著油門，帶著它的金色品牌和廣大占有率，加速滑向古城的古船旁的；而岸外的大海，那因氣候變暖、海平面不斷升高的大海，正在進行午餐時間買空賣空水漲船高的吐故納新。

很多遊客在那邊拍照留念，還有很多人登上仿古帆船摸索觀賞。我不是遊客，我更像是某種職業病患者，盲目的人。我心不在焉地沿著海岸邊的石子路走動徘徊，自顧自用心歎息著，偶然向右邊的港灣專注地望過去——這一瞧，只見高大的聳滿布帆和桅杆的仿古木帆船靜止地向我駛來，具備了排山倒海的力量，頓時，我聽見我胸中那股競賽落敗者的失望挾裹著「700系列」、「1000系列」的欲望像潮水般洶湧而上。

潮水像充滿決斷力的老女人，而我是一個將要被捲走淹沒的小男人。

滔天巨浪，人欲橫流，老闆救我！

有句話叫做「苦海無邊，回頭是岸」，那麼，一艘船被永久性地固定在岸邊彷彿就是在最最努力、最最「走捷徑」地實踐這條格言。

人類以前一直在追隨和熱捧「船和岸」嗎？

此時此刻，凝視港灣，恍惚間感到，那仿古船更像是一艘幾百年前由令人聞風喪膽的庫克（James Cook, 1728-1779）船長率領、進犯並侵占了海港和碼頭的奇異海盜船，它大張旗鼓揚帆鳴炮從遠方的海平線來，從不知名的大洋彼岸來，從非洲的「好望角」（Kaap de Goede Hoop）來，從地球的另外半邊來，代表「天方夜潭」，代表「加勒比海之夢」，代表「金銀島」……。它來了，「哐噹」一聲，拋下沉重生鏽的鐵錨，停泊在那兒，補充給養，補充水，補充人員，更重要的是，補充——補充「岸」。

但是，有一個問題卻始終困擾著庫克船長的後代：我們所津津樂道的「此岸彼岸」也許早就已經都不是「岸」了，我們大肆鼓吹的銷售概念、贏利規則以及市場占有率還有什麼消費主義也許都嚴重偏離了與「船、海、港口」這些基本概念緊密相連的「岸」。

所以，「回頭是岸」變成了一句空話，一句謠言。

空話和謠言又變成了信念。

記得以前還在大學念書時寫過一首幼稚的短詩，其中一段：

船帆是我想望的翅膀，

木槳是我探索的腿腳，

……

今天，在停泊了木帆船的港灣邊突然想起這首詩卻讓我分外覺得，離開大學後，經過這麼些年的「拚搏」，我這個搞銷售的工作狂已經把我自己的「槳和帆」賠上我心中的詩歌都廉價銷售掉了。我已經不懂得「停泊」的意義。這麼下去，總有一天，也許為期不遠，我會永遠遺失掉我的「岸」。

「Take care」——老闆的居高臨下的關照，也含有一層醒腦的意思。是啊，謝謝老闆，不管他救不救得了我——我們能否像早年那些奮不顧身漂洋過海的航行者愛惜並take care自己的船一樣（哪怕那船已經停泊在港灣裡很久而不再啟航），用眷顧自我的方式來找到生命中真正的歡樂！

讀過北島（1949-）的一本詩集，這位「流亡詩人」在北歐城市散步時寫道：「狂亂的內心和寧靜的海港恰成對比。」——他視野裡和心目中的海港都是「寧靜」的，為什麼？是因為海港內沒有行駛的船，甚或也沒有停泊的船，還是因為詩人在世界各地流浪得太久了，有一天失去了或暫時失去了回家的願望——像我一樣，像絕大多數人一樣。

「回家是岸」？

人們能夠仿製古老的木帆船，什麼時候他們真的還需要動用科技力量和全能智慧，仿製更富開放意義和自閉色彩的「海港」和「流浪」呢？

永遠遠在天邊，永遠近在眼前。

外一篇：麻六甲

麻六甲是一座會使人無形中被激發本能而產生數不清的回憶的城市。

回憶從前農耕狩獵物物交換時代隆興百年的麻六甲王朝，回憶昔日繁華歡騰雄霸一方的通商貿易自由港，回憶浩浩蕩蕩下西洋經過麻六甲海峽而登岸造訪的「三寶太監」鄭和，回憶幾個世紀前伊斯蘭教和基督教之由遠近不等的域外之地先後傳入民風淳樸的馬來半島，回憶美麗賢慧的中國公主不遠千里出海遠嫁東南亞友邦之國，回憶西方列強灰飛煙滅不可一世的炮艦政策，回憶別無生路背井離鄉漂來南洋各地謀生的華人祖先，回憶，回憶，回憶，……回憶像辛苦繁重的勞作，城市在體力上得到了宣洩。

不過，從更廣泛的意義，包括智力的意義上來說，根深柢固的回憶——回憶是一種人們用來遺忘將來的方式。

所以在很大程度上，麻六甲彷彿是一座沒有現實感的城市，充其量只是一座被起落的潮水日夜包圍的港口，因為所有同它有關的層層疊堆的細節，都依稀是由泡沫般的回憶構築而成的。

如同卡爾維諾（Italo Calvino, 1923-1985）說的：「城市就像一快海綿，吸收著這些不斷湧流的記憶的潮水，並且隨之膨脹著。」

膨脹著——城市因膨脹而隨時變形，城市因變形而不真實。

不真實的城市就有它不真實的迷人之處。

更為離奇的是，有時候當你在麻六甲流連忘返了幾天，然後悵然若失地離開它回返你長期居住的家鄉或異鄉，半途中，像濕沉臃飽的海綿不由自主滲水般的，突然會有一種幻覺般的東西從你的心底冒出來，使你恍然覺得你自己的前身前世說不定曾經在麻六甲待過，至少待過一段時期，因為由它產生的記憶中的某一部分，似乎與你個人無來由的自我暗示有著某種不可分割的聯繫。

這難道就是麻六甲給予人們的啟示：我們今身今世的命運命理，我們今身今世忙活於其中的「時光辰光」，我們賴以生存的家鄉和異鄉，都很可能比那座叫做「麻六甲」的城市，比它所提供的那些往日的龐雜記憶還要不真實，還要膨脹錯亂？

六、新加坡飛禽公園速寫

（一）東南亞鳥類展覽館

可是——池塘、草叢和樹林，室內佈滿，水濛濛的冷氣；鳥類差不多都懂得，在緊要關頭，色彩絢麗。

如果——我們真的能聽見和聞到，鳥語花香，如春四季；仰望那患阿茲海默症的驕陽，隔著明燦燦、亮晃晃的高強度玻璃。

好比——對於事物，或者是生物，偶然的遷就，或者是陋習；生動律動的生命，幾乎規劃成「中間人」的生意。

那麼——成人和孩童興高采烈的清醒，鞏固了書本樣本的邏輯；鳥群則集體躲入睡夢的深處，棲息加姑息。

（二）猛禽表演

「無人機」式的飛行，高高在上地說明，視力和捕捉，還有速度和束手就擒的關係。

肉食關係，是一種肉食關係。

然後，體現出高級公務員的熱誠，俯衝直下，迅速奪取訓練者所提供的獎勵。

物質獎勵，物質和非物質的獎勵。

全體觀眾紛紛起立鼓掌，歡呼圓滿成功的一次。

下一次，為下一次的開始。

（《新語絲》月刊2018年2月號）

注：均參見阿爾都賽（Louis P. Althusser, 1918 -1990）的自傳《來日方長》

英倫鄉趣

一、矮牆

英國鄉村的農田，放眼望去，多是一塊一塊，被一道道矮牆分隔圍起來的。

細看修築矮牆的材料，有些是人工種植並修剪整齊的短小灌木類植物，更多的則是由不規則的小石頭一英尺一英尺辛苦壘砌起來的綿延「小長城」——因為這裡不存在國有化、公有制，它們不外乎是一項耗時彌久的「私業工程」。從南往北，跑遍英倫，城市郊區也好，著名的湖區周圍也罷，即便是靠近蘇格蘭的高地，一望無際的田地就那樣無一例外地被格調周旋、品質堅毅的矮牆瓜分了。不由琢磨著，圍牆的功用無非就是圈養牲畜，再從次宏觀的角度想，恐怕是以一種明白計較的方式建立和劃定私有的田畝制。

誠然，這些零零落落的「小長城」難以攀比中國的長城巨龍的壯舉。但是，另一方面，也正因為它和戰爭侵略、民族防禦和帝王崇拜這些擴張外舉的「大公」的概念毫無關係，而只和人類日常「私己」的生存休養息息相關，所以，對我來說，這田地規劃的自我約束就生發出一種像孕育期的母體運動一樣的韻律美感。

是的，孕育。歷史上，如果沒有借助於這類半自發的「小生產行為」在它的農村後方建立綿長厚實的底蘊，大英帝國恐怕也無從催生和啟動後來偉大的工業革命。

所以，作為歷史的後來者，今天我們也就直觀易懂了這天機地理的佈局——這卷宏偉的《啟示錄》的開頭部分並不是由文字表現的，而是一幅由簡捷線條構成的兒童畫。

還有，一則預言。從規劃自我到瓜分世界的預言。

二、風景

在中部小鎮柯比（Kirkby）的一個諾曼式教堂後面的山崖邊上，有一處突出的觀景臺，很出名，叫做「Ruskin's View」。

觀景臺上立有一塊小牌子，上面介紹說，從那兒的高處望出去的山山水水，曾被一個叫羅斯金（John Ruskin, 1819-1900）的英國人定義為「英格蘭最可愛的鄉村景色」。

其時是冬天，由觀景臺極目眺望略嫌單薄的煙塵芳綠，對「最可愛」之說感受不深。風景是死的，季節才是活的。

人呢？人好像常常介於不死不活之間。

思之，感歎，不愧是有深厚經驗主義傳統的英國人，連風景這樣隨興的東西也要信誓旦旦地去歸類、去定義。

當然，他們骨子裡是深為這種做事的方法感到自豪的，更為這種做事的方法所取得的輝煌成果而藐視天下。近代史上若要歷數經驗主義歸納推論的鼎盛之作，非他們英國人的牛頓古典物理學和達爾文進化論莫屬。

哦，他們還有一位經驗主義的哲學先賢大衛・休謨（David Hume, 1711-1776）。休謨同時也是一位散文家，他寫道過：「時光在不知不覺中流失，它飄忽不定地帶著各種感官的快

英格蘭最可愛的鄉村景色（冬天）

中世紀造的石橋

樂……。」

讓我們就把感官的快樂無償地賦予被歸納了的風景吧——我認為快樂無疑是思想的其中一隻有力的翅膀——儘管，我們至今還沒有肯定地「歸納」出思想的另一隻翅膀是什麼。

三、教堂

教堂在英國的鄉村比比皆是、處處可見。

鄉村那些小教堂不比倫敦城裡的「威斯敏特教堂」或「聖保羅大教堂」。它們沒有莊嚴巍峨的拱門，沒有金碧輝煌的大廳，更沒有歷代皇室成員或其他著名大人物的花崗岩墓葬。它們就只是教堂，有著年深日久的宗教記憶和宗教情懷，有著普世的神聖性，如此而已。

每次蹉跎走在鄉村路上，抬眼望見這些教堂的樸實無華卻又精緻典範的屋頂，心中的感覺就好像是刹那間打開了一扇通往無極之路的大門。可是，寓意奇妙的是，它們那別具匠心的外觀所襯托出的精要內涵，彷彿又在無意中冥冥提示我這個「路人」，從俗世出發往前走去，那樣「通行無阻」的大門有很多扇，甚至有無數扇，你絕對不能指望僅僅通過一扇大門就登達了天堂。

是故，每當我凝視這些鄉村教堂，我就會細想和盼望，在那長途跋涉的道路上，哪一扇門過後我就能有所成就得蒙恩典了？我知道我有可能始終是徒勞的，但我這樣細想著遠望著甚至徒勞著，心裡卻又是無比的溫暖。

古老的諾曼式教堂

普通的村鎮教堂

四、河流

人類發射到外星球上去的飛船都要首先探測那裡有沒有水，或者至少有沒有冰。

中等城鎮蘭卡斯特（Lancaster）旅遊問訊處的那位留有漂亮鬍鬚的官員，建議我這個外來旅客花兩三個小時沿郊外的盧訥河（Lune）河灣走一走，說是一定會讓我獲益匪淺。我無條件地照做了，我把那建議當成了飛船船長的命令。

1月，蕭瑟的冷風中，邊走邊透過河岸旁長得齊腰高並獵獵作響的枯黃茅草去看平靜流動的河水，不由得想，這些英國人，哪怕是小地方的英國人，低級官僚，體現他們傲慢的方式之一就是，讓一個外人對他們的某條不起眼的鄉村河流的愛和恨被迫回歸到一種類似於認識生命認識水認識星球起源的態度。

難道我這個中國人不該入鄉隨俗嗎？中國人不是非常推崇老子的名言「天地不仁，視萬物為芻狗」的嗎？其實，其言其意都是見仁見智的，其意思的推廣也是有界限的。

河岸邊，冷風繼續呼嘯，我縮著脖子不很堅定地推測，中國哲人的表達裡所透露的某種程度的世界觀深處的冷漠，同英國人的很大程度的傳統傲慢有什麼共同點嗎？

還是在所謂的思想深處，不管如何天南地北，他們永遠擁有一條共同的河流，就像我最終在Lune河灣所體悟到的河流？

五、動物

英國鄉村裡隨處可見自由活動的動物，種類繁多，牛羊和馬、野鴨和天鵝、各色羽毛的鳥類，還有緊跟人散步閒逛的黑狗、白狗。

「自由活動」的意思——鄉村裡的英國人是不大去管制這些各種各樣的動物的，隨牠們去。動物們很自在「慢活」，尤其在萬物畏懾的冬天。

談論鄉趣野興之類的，歸根結底會到達窺破人性這一層上面。若超越了經驗主義，風景學或者動物保護主義就都是信仰的一部分了。

當然，不是指那種熱烈迷失的極端。

英國人多是有宗教信仰的，如果將大英帝國的全體臣民整個比作一支在這個俗世上進取得分的英超聯隊，那麼試想：「上帝—人—動物」之間的「鐵三角」關係以及由這層關係所引發並延伸的從競技後場到前沿禁區的意義，將會怎樣影響他們「人文足球」比賽的理論和實踐呢？

記得有部西方電影裡有一段對白，甲說：「人們嚮往解脫後的自由，但他們又害怕。」

乙答：「在獲得真正的自由之前，他們是有理由感到害怕的。」

現在，在這寒冷的英倫冬季裡，我，作為「丙」，嚴酷地發出「天問」——在獲得真正的自由之前，你們是有理由感到害怕的——曾經殖民幾乎整個世界的英國人，會在內心裡如此這般構想著，或者至少如此這般地「信服」著，來和他們的動物平等或者不平等相處嗎？

（《新華文學》2015年1月第82期）

三地書

前幾年，準確說是2009年，那一年的春夏之際我和妻子從定居的新加坡回到中國小歇，在皖、寧、滬三處分別做短暫停留，是以「三地書」記各處趣聞及感想。

一、皖：「功德」篇

白橋鎮地處江蘇和安徽的邊界，屬於安徽省的和縣，是我母親娘家的老家所在地。我們從南京坐私家車出發，兩個小時不到的車程，就到了這個離霸王自刎的烏江不遠的中等規模的鎮子。

生活的壓迫，擠破了婚姻和骨肉親情的泡沫——

我的姐姐和姐夫住在白橋，像一對留守老根據地的先民，現如今雙雙過著退休生活（雖說我姐姐是農民，不過現在那裡鄉村戶口的農民到了年齡也辦理退休手續了）。

我這個姐姐，還有一個現住上海的哥哥，和我都是同母異父的關係。我媽媽年輕時是在南京生下她的頭兩個孩子的，大的姐姐，小的哥哥。生下哥哥不久，媽媽終於認定姐姐、哥哥的那個親爸爸是個嗜賭成性無可救藥的敗家子，就斷然和他離了婚，那時大約是在1948年到1949年間，離婚的法律程序說起來還應該算是在即將倒臺的民國地方政府的治下辦的。那期間，共產黨的解放大軍已整裝集結在長江北岸，南京和江南的「解放」指日可待。不過當時媽媽並沒有等待「解放」這件大事，因為她那時根本不懂政治形勢，只知眼前自個單身帶兩個孩子的生活難以為繼，於是通過一個熟人介紹，離開南京到上海去謀生。出發前媽媽前思後想，前途未卜，拖兒帶女去大上海實在是增加變數，最終決定只帶哥哥同往，而把姐姐送給了和縣鄉下的一個遠房親戚，跟了人家姓，做了人家的女兒。這肯定是一個忍痛、忍悲的決定，也是個使得此後的親情創傷無法彌合的決定。那是幾年前，姐姐在南京見到我這個分別多年的弟弟時，一則感歎我長得比她記得的我小時候的樣子要壯實許多，二則當我是個大人了，向我大量傾吐了她心裡頭那麼多年積存下來的對媽媽怨恨的話語。也是的，當年她一個孤單的女子，從少年直到青年、中年這一段的漫長人生，在白橋這一帶的農村鄉下受了不少的委屈和苦楚——她向我談的大多是「解放後」的事情，特別是詳盡陳述她嫁給了姐夫以後的艱難歲月。姐夫那時是個跑外勤的高壓電工，長年奔波於全國各地，一年難得回家一兩次，頗有些像如今外出掙錢的農民工，農村只留下姐姐一個人一雙手，獨力支撐那個家庭。在「人民公社」拚死拚活爭那一天一角多分錢的公分，外加要照料兩個未成年的孩子，還有要管好自己家裡的幾分自留地（她說，每天都是在月光下給自留地澆水、整理），還有幫人家納鞋縫補找些零用補貼，等等，她太操勞了，把胃做得嚴重下垂，落了個治不好的病根。姐姐對我概括總結了一條：「解放後」全國各地有一件事情始終都是一樣的，那就是，生活條件終歸是

「城市戶口」的人比較好，媽媽和哥哥落戶上海那樣的大城市，基本生活條件能夠得到保障，而「農村戶口」的人，平時就缺醫少藥青黃不接的，困難時期說難聽點你更是自己都不把自己當人看。姐姐歎道，她小時候很懂事，很聽媽媽的話，不明白當年做媽媽的為什麼能狠下心來把她留在了鄉下，入了「農村戶口」。她恨恨地對我說：「也許是我太聽話了？」她不斷地擦著眼淚，而我這個小她十三歲的外鄉弟弟覺得連同情她的資格都沒有。動盪的社會總產生許多苦難的故事，最不好的，是產生無休無止的動盪的人心。想來從那次見面到如今，又是好幾年過去了，姐姐的內心糾結應該平復些了吧。

到了白橋，見到了姐姐、姐夫，很高興他們依然健朗——姐姐、姐夫幾天前就開始忙活了，包括把客人住的屋子裡的幾床被單用品全部換上乾淨的。老家的規矩，作客的夫妻不能在主人家同床，同房但得分床睡，所以我和妻子得各享一床乾爽潔淨的被褥，睡眠就有了格外單純、卻又帶著雙重甜蜜的本分。對於我這弟弟攜弟媳婦從新加坡不遠千里遠道而來看望他們在農村紮的「土窩」，姐姐、姐夫的心情只能用喜出望外來形容。

排泄是一件驚天動地的事，陣地戰和運動戰——

第二天早上起床，我要解手，碰到了問題，大問題。

可能是排汙管道安排上的困難，鎮上絕大部分住家沒有廁所，包括我姐姐家，解決得去公共廁所。公共廁所就在他們家對面的一條小巷的巷底，一所簡陋的小茅房。我趿拉著鞋出門朝那兒走去，聽見姐夫在後面大聲叮囑道：「你要小心。」到了那裡張眼一看，我才知道這「要小心」的含義了——廁所裡面的狀況簡直不忍卒睹，至少有一千年沒清洗了。我儘量憋著氣，眼睛掃著滿地的汙屎積尿，「小心」踩地，挪到坑位（好比走高危的地雷陣，想起電影《地雷戰》裡不是有「叭叭雷」嘛），心想最多回去把鞋子好好沖沖洗洗，好歹把早課做完了事。在坑位上半蹲著剛剛靜心把大便拉下，忽聽得屁股下面響聲大作，忙低頭瞧去，媽呀，不好啦，新鮮的大便掉下去，頓時惹得糞坑內無數十面埋伏的糞蛆聞風而動，像螞蟻搭橋般地「揭竿而起」。因為積糞在糞坑裡本來已經堆得非常冒高，尖利的糞蛆「組合」奮力突破了積糞那稀軟的頂端後，張牙舞爪的峰口離我屁股只有那麼兩三釐米，其聲勢和力道足以一下子就把我拱回赤道南洋去！我生平第一次見識蛆蟲竟然有如此駭人聽聞的做派，也不知道我的大便拉乾淨沒有，反正我立刻落荒而逃。

從廁所回來後心有餘悸地同姐夫說起此事，他卻淡淡笑笑地告訴我：「這算啥，還有更精彩的呢！」以前有段時間鎮裡的各家居民也都嫌公共廁所太髒太「危險」了，難以入內，於是產生了共識和默契，各人均躲在自己家裡把大便拉在廢報紙上，完事後便出外把包住糞便的舊報紙扔在鎮子上大路旁「固定的」某空曠處。紛紛擁擁，群起仿效，日子長了，廢報紙包大便在「固定的」某處就漸漸堆成了一座小山。可想而知，那小山和它周圍的幾里地臭氣熏天，蛆蟲滿地，蚊蠅起舞，就差沼氣爆炸了。那是比廁所一角糞蛆掀起的小型農民起義更為可怖的大陣仗、大造反的占地為王，鎮上的眾人亦習以為常見怪不怪，竟然「堅持」了一年半載……。後來哪一天終於來了一大幫帶工具和推車的人，「愚公移山」將積重難返的小山鏟走了；可能是實在到了有礙觀感的地步，兼怕傳播害菌、疾病，官方不得不出面干涉了。官方後來也發佈了不得再「破壞環境」的通告。從那以後，大家又似乎回到先前的日子，恢復上公共廁所的「良好習慣」，繼續相安無事。得過且過，對於吃喝拉撒的「尊嚴」缺乏衛生掛帥這回事，小鎮居民並不看得太嚴重，即便到了忍無可忍的地步，其抗議舉動也表現出一種刁頑的幽默感。

畢竟是聞所未聞——聽了姐夫的「笑談」，我妻子說她實在吃不下任何早餐了。而且，她隨即讓我姐姐翻找出了一個舊痰盂，以便在家裡解決小便。至於大便，到我們第二天傍晚臨離開時，她死活都說她體內沒有產生任何大便，我相信她的話，人的身體是具備乖巧的自我調節功能的。

失落和中斷了的家族慈善實踐，後輩問心有愧——

上午由姐夫帶路，遊覽白橋鎮。

首先來到「白橋」，一座實體的水泥橋，十幾米長，兩條車道寬，它的全稱叫做「白渡橋」（可別把它和大上海鋼筋鐵骨的「外白渡橋」相混淆了，兩者毫無關聯）。白橋下的大河長達百里，一頭通巢湖，另一頭通長江，是為通航和水利的主幹道。距離白橋幾百米處，在大河和長江的交匯口，建有一座中等規模的水閘，用以控制調節內河水位。水閘是近代興建的，它建成以來，安徽省的這一地界範圍，皆依賴此閘得旱澇保收，成為魚米之鄉。我們來白橋前在南京停留時，我的舅舅特意告訴我，此白橋鎮的水閘當初是由我祖外公和外公於民國初年所創設的「繆貴記營造所」自費建造的，做善舉造福鄉里，乃為我們祖上的一大著名功德。舅舅順便還告訴我，當年南京的「繆貴記營造所」是很出名、很火紅的，抗日戰爭前它達到鼎盛期，國民政府的行政院（國務院）大樓就是該營造所承接設計建成的。我無從考證舅舅的說詞，但是有一點是肯定的，我媽媽的娘家父老曾經在過去某一「資本主義的萌芽時期」著實成功過、風光過，並舉行公益過。此刻我站立橋頭，遙望河口，那從水面上升起的千斤鐵閘像一尊溫良的巨獸——我以前在大學裡學的是機械工程，所以對任何和工程設計建造有關的東西有著「本能的」興趣——從一個百年前開工建造完成而至今仍運作良好的水利工程項目中分享祖先的庇佑，不知為什麼，讓我這個家族的「後起之秀」在「知識運用」和「利益普及」的層面上竟然感到有些慚愧。

關於「功德無量」——

從「白渡橋」上看下去，有些出乎意料的，大河尚未遭受汙染，寬闊的河面上隨處可見布帆片片，流光溢泛；左右遠近木槳蕩漾，漁網機張，人聲起伏，翠鳥翻飛——好一派江南春夏美色。問了姐夫原由，回答說是因為改革開放後這兒一般人家都有人出外經商，有錢賺回（徽商都是挺厲害的），家家戶戶境況富裕，所以沒必要再興師動眾搞那些勞什子的鄉鎮工業了，就少了往河裡排汙水的源頭。姐夫感慨道：「如今畢竟不比以前你姐姐在田裡幹活幹到胃下垂都沒錢醫治的日子了。」

聽了姐夫的話，我不由得想，是啊，若是引用舅舅講祖上「功德」的概念，且不去管歲月是「解放前」還是「解放後」，形勢是「改革開放」還是「閉關自守」，任何朝代任何情形下，官府要能使鄉民安居樂業，不被迫為了生計而起念頭和翻花樣去肆意破壞鄉里環境，始終能夠做到這個「不」——「不破壞」、「不造孽」那也算是一份長久持續的功德了。

我認為，講功德是不能苟求「圓滿」的。重要的是「做」，而這個「做」也包括心念。

那個「愚公移山」的故事，撇開它的負面效應不說，總也是鄉政府有一天做過的一份有利有節的功德嘛。當然啦，但願他們把做好「功德」常任化、制度化，能「自行其是」地做到每一天、每一項，能做到有為當無為了，能做到人們心靈的方寸之地也成為旱澇保收的「魚米之鄉」了……。但願下次我來白橋鎮時，那個隨同而來的新加坡品牌的乾淨屁股不要再無謂地擔驚受怕了。

有點不好意思，談論功德居然從屁股和排泄出發。

過了白橋往下走，逛了一圈，看到鎮子那一帶中學、小學的學校建築都造得美觀實用，占地面積也頗大。徽地的人畢竟有遠大眼光，重視教育和人才。「教書育人」不用說是一項百年樹人的大功德。

「教書育人」、「保護環境」和「民生民安」都是大道理、硬道理。那麼小道理呢，小至作客的夫妻在主人家分床睡，這種安排也不由體現出「客隨主便」以及主客相互尊重、各自得宜的禮貌和態度。注重生活小節無疑亦能時時幫助培養人觀念上的日常功德。

功德無量——「功德」唯有一點一滴在民間累積了，融入習俗了，發揚光大了，整個民族的前景才能「無量」。

二、寧：「有心」篇

如果說白橋是我媽媽娘家繆姓的老家，祖上「事業」的發源地，那麼南京才是繆家在近代史上集大成的所在。

把酒言歡，人生不能「向前看」，
那麼至少可以「向自己的內心看」——

現今南京仍然有我母親娘家方面的一大摞親戚，姐姐的兒子、媳婦和女兒、女婿均已入城駐紮，還有我們的一個年過八十的舅舅，他可是從小到老一直住在南京的，舅舅的女兒、女婿，以及所有那些第二代家庭的第三代男孩、女孩們，可謂人多勢眾，各行其道，大有重整旗鼓、試圖光復大家庭昔日門面的舉態。

我和妻子去白橋鎮前先由上海坐火車到南京的「大本營」落腳，我哥哥也和我們同行，他說他在上海的家中陪媽媽也陪得身心俱疲，該出外散散心了。當天姐姐的女婿開車來火車站，把我們三人接到他們家去歇下了。晚上，姐姐的女兒大顯身手——大家異口同聲誇她同我姐姐一樣能幹勤快——燒了一大桌子菜，另外還備了很多高度數的徽酒，把上述在南京的親戚都叫齊了，以精神矍鑠的老舅舅為首（老人每餐依然可飲白酒二三兩），老少聚集一堂。嘿，久別重逢，或者首次相逢，酒酣言重，熱鬧非凡！

飯桌上老舅舅兩杯酒下肚，握著手中杯轉向哥哥和我，侃侃談起了幾十年間他和媽媽的一些爭執和分歧。他感歎道，我們繆家從前那一輩，一個偌大的家庭，幾十上百口人，曾幾何時「人聲鼎沸，門庭若市」，只不過幾十年過去，一代人多一點的時間，到如今「灰飛煙滅，門庭寥落」，算起來竟只有我們兩個年過八十的親姐弟還活在人世。舅舅說：「我知道你媽媽這回不來南京，不僅僅是因為她年紀大了走不動，主要是因為她為我們繆家在南京舊宅那些老房子權益歸屬的事跟我有過激烈爭吵，翻了臉，不想見到我這弟弟。其實幾十年來，我和你媽媽還有過其他大大小小的意見不和而互相生氣埋怨的事，大到對待共產黨和『解放後』歷次政治運動的看法和態度，小到責怪她該不該把當時還太小的親生女兒留在農村鄉下自己去大上海闖蕩……。哎，套半句現成話，過去的讓它過去吧。這下半句『向前看』呢，就接不上了，實在是我們已半截身體成灰（以前人講半截入土或者入木，現在都是火葬，燒成一把灰，所以說『半截成灰』），沒有什麼可『向前看』的了。只衷心希望你們下一輩在你們的時代相處得比我們這一輩人和睦開心，大家都前程遠大。」說完，舅舅轉而向全體小輩舉杯敬酒，把剛才關於我們下一輩人要和睦相處的話又鄭重其事地對大家重複了一遍，重複著就老淚縱橫了。眾人忙紛紛起立答應，向舅舅回敬，為「和諧」大家庭的「可持續發展」乾杯！酒散一夜無話。

「博愛」的教條並不能夠贏得人心——

第二天大家乘興去登了中山陵。

二十多年前在上海讀大學的時候我趁假期來南京登過中山

陵，記得當時年輕的我對鐫刻在山門橫匾上的先生手書「博愛」兩字看了又看，不得而解。從信條上講，這兩個字當然是偉大的、對的，但在實踐上，尤其在中國革命的實踐上，它卻是平庸的、錯的，老實講，可能錯到分文不取。說到底，要革命、要暴力革命就絕不要講「博愛」！國民黨、共產黨都一樣。

舅舅指給我看，在山頂陵寢近處的一個巨大銅鼎上，留有炮彈彈片或重機槍子彈撞擊的凹痕和破洞，以前來倒沒注意。舅舅說是當年日本人攻占南京後幹的，日本人本來打算要將守衛先生陵墓的衛隊繳械，所以發槍射擊相威脅，衛隊似沒有屈服，後來雙方好像達成了協定，日軍撤走，由衛隊「空守」了。1949年共產黨打下南京後，也達成了協定，稍微不同，是由原來的衛隊和解放軍衛隊「共同」守衛中山陵，含有至少沒有排擠原來衛隊之意。實際上依我看，在中國，因為「代代相傳」的革命風氣，「歷史」本身和它的各種「遺物」都是無從「守衛」更用不著「守衛」的。權宜計較的協議和暫且相送的利益遠比虛幻的「博愛」教條要現實得多也管用得多。

就是在有「博愛」兩字的山門下，舅舅提到，他是個老國民黨員，說道，如果有一天臺灣的馬英九拜謁中山陵，他希望能夠來到這兒，在「博愛」橫匾下獨自拉出一幅大型標語，以黨的普通老同志的身分歡迎黨的特殊新同志。他問我：「可做得到？」我說：「哇，太高調了，有難度，但也不能斷言絕對做不到。歷史嘛，充滿了此一時彼一時的變化多端。但是，關鍵在於，舅舅你有這份心，經歷了百十年的改朝換代滄桑變遷，作為一個普通黨員的你還有這份心！不管這普通黨員隸屬於何個黨派，我覺得秉持這份心都是很可貴的，很值得尊敬的。」

「人心可貴」——做人要持之以恆地「有心」方顯可貴。

「有心」常常與生存經驗背道而馳——

但是另一方面我深知，一個人作為獨立的人生存於世而要真正做到「有心」那是何其難也！尤其是在一個始終起伏動盪的「歷史週期」中，在亂世中，黨和黨、派和派、人和人、家庭成員和家庭成員，都一直在惶惶不安中相互猜忌個不停，相互鬥爭個不停，相互告發個不停，相互打倒個不停，……「人心」又怎能持之以恆地守常並且寬待異己？就好比媽媽和舅舅之間姐弟齟齬的故事，那是最現成的教訓了。「繆貴記營造所」在中日戰爭中被日本飛機丟的炸彈整個地轟掉了，那以後又經歷了長期的戰亂和災難，到了1948年前後，繆家已衰落破敗，家業所剩無幾。作為一個不得已的選擇，媽媽當年隻身帶年幼的哥哥離開南京闖蕩到上海，那時離全中國「解放」還有一段日子，世道壞，生活苦，她在十里洋場只能靠艱辛的體力勞作勉強和哥哥糊口。共產黨接管政權後，雖然她並不是貧苦出身，然而作為社會的底層成員自然是擁護新政府的。之後她這個接受過「新式教育」的有文化根底的底層分子，在新時代、新氣象、新口號的感召下（作為新女性）積極靠攏共產黨的基層組織，成了街道里弄各項活動的骨幹，後來還當上了上海某地區街道的居委會副主任兼文教委員。這樣一來，理所當然地，她和早年參加了國民黨的舅舅在某種意義上就分道揚鑣了，兩人的各個方面，包括政治觀點、政治生活面貌和政治前途都不可同日而語了。誰知以後歷史又開起了新的惡作劇玩笑，1966年文化大革命一來，媽媽隨即被打倒，更挨了批鬥遊街、關押折磨等苦頭，變成了「革命對象」。1976年文化大革命結束，她以為重新迎來了好日子，可是蹊蹺的是，十年動亂中的種種「歷史事件」對她個人來說好像並沒有發生過，因為人們包括上級領導已經忘記了她，沒有人來對她進行慰問和道歉。然後大概遲至1980年，街道黨組織才忽然「良心發現」，委派了專人來到家中，對她在文化大革命中的不幸遭遇表達了某種曖昧的歉意，但那僅僅是一份口頭傳達，在組織程序上並沒有給予她正式的「平反」，因為以前的居委會副主任的職務實在太微不足道了，她的遭遇也實在算不上「受嚴重迫害」的冤假錯案之類，攞不上「平反」這個級別。附帶的，「上面」也覺得沒必要再恢復她的里弄職務，比她年富力強的同志早已接班，幹得比她當年要出色。她就那樣順理成章地成了一個普通家庭婦女——從四十多年前文化大革命開始一直到如今她活了將近九十歲——「家庭婦女」可真是個終身榮譽稱號了。共產黨對不起她，「拋棄」了她，她到底看開了並不十分怨恨。然而思想邏輯上奇怪的是，彷彿是一種政治上的反作用力所導致，因為這段屈辱的政治生涯使她反而變得加倍怨恨當初竭力反對她傾向、投靠共產黨基層組織的舅舅，她心裡就是死心塌地地把她的弟弟放在「歷史反革命」的位置來看不起、來責罵，從不動搖。另一邊廂，舅舅「解放後」首先因為國民黨員的身分被抓起來關過幾年牢（罪加一等的是，抗戰勝利後他還參加過軍統南京站開辦的速成培訓班，「學成」後加入過周邊隊伍。他回憶道，戴笠身亡公祭時，他是執勤站崗的人員，遠遠看到蔣介石、何應欽、宋子文等大人物走過）。據說當年恰巧在解放軍的南京軍管會高層幹部裡有他的一個中學同學，靠了那個同學私下幫他「說情」，他才沒有在最先的聲勢浩大的鎮壓反革命運動中被槍斃拉倒。命雖然撿了，不過在後來的歷次群眾性的革命運動中因為此等歷史問題多次挨整，被反覆揪出來作為反面教材那就是家常便飯了，他自況經受了不斷的鍛鍊和洗禮。

說起來這都是宿命啊，南京家世顯赫的「繆貴記營造所」後代的宿命。所以，當前兩年媽媽和舅舅這對活得夠長命的冤家姐弟經過多年的分居兩地（上海和南京）老死不相往來後終於在南京碰面，而終於碰面又為了南京繆家老宅的房產權益爆發爭吵，吵得不可開交時，哥哥、姐姐還有姐夫要去介入相勸，被我這做弟弟的當即阻止了。我說道：「兩位老人家通過如此這般的爭吵，以如此這般的方式終究撇開了以往社會政治歷史的外因而承認他們是「一家人」了，承認是「繆宅內部」的親人了，這是件大好事。我們這些做小輩的也在社會歷史的混亂軌跡中長期行走，該懂點進退的事理了。你們行行好，讓兩個老人就這樣彆扭、這樣凶狠地相認吧！經過了幾十年的淒風苦雨，幾十年的誤解隔閡，幾十年的內心痛楚，難道他們還有其他什麼更好的方式來彼此相認嗎？」

很多時候應該學會放棄「崇高的」意願——

我算了算，如若舅舅說的他自己的履歷屬實，那麼他很可能是在抗日戰爭初期加入國民黨的，其時南京或許已經被日本軍隊占領，南京大屠殺或許已經發生，南京繆宅的房子或許也已經被炸。我沒有進一步向舅舅求證，生怕再期然而然地問出一個熱血青年冒著生命危險加入國民黨，參加地下抗日活動，報效國家、捍衛民族（兼家族）尊嚴，等等，等等的「崇高」故事來，那樣就太俗了，也太求俗了。

俗，以庸常心理和套路思想來度己及人，或者沉浸在被濫用的政治教條中縱論是非，就斷難成全「有心」了。藝術上有人提倡「簡約」，見好就收，做人做事的風格上不妨亦然。

三、滬：「對照」篇

從白橋和南京回到上海，我和妻子又住了些日子。在上海有兩件事讓我耿耿於懷，回到新加坡後很久都不能釋懷。

人們遭遇不同的困境，但同樣都是困境——

第一件事，有一天在我岳母家吃完晚飯，看了一會兒無聊的電視節目，尚早，思忖朋友R的家離我岳母家不遠，何不去他那兒坐坐。只是這麼晚了，不知他早早睡了沒有，或者是否不在家而在別處遊蕩——上海畢竟是個「夜生活」豐富多彩的大城市。於是打了個電話給他試試（上海圈內的朋友們都抱怨說，要打通R的手機非常難，一是他經常像間諜一樣更換手機號碼，二是他經常停留在一些接收不到手機信號的所在，這也像間諜），賓果！居然讓我打通了，他也居然在家。他說他收藏了一些好茶，請我和妻子過去品嘗。

我和妻子立即動身，穿過橫貫市區的中山西路，再走了兩條小馬路，拐個彎就到了他的家。之後我們在他的「斗室」裡喝了好幾個小時的茶，直到深夜。

「人走茶涼」。我要說的是R的那間「斗室」，其住房條件之差令我吃驚。一間二三十平方米的臥室，放了兩張床，大的他們夫妻睡，小的兒子睡，而兒子已經是二十多歲的大人了！臥室條件如此逼仄，外間狀況也好不到哪裡去，廚房是兩家人家合用的，再外邊的廁所（實際上裡面就是一個抽水馬桶）則是四家人家合用！乖乖哩格咚！真難想像早上四家人家的大人、小孩全體起床後要趕時間上班、上學，一大群人怎樣在小小廁所外邊排隊輪候完成任務？其中一人因故卡住而占了超長時間怎麼辦？新世紀的上海居然仍舊有這般觸目驚心的住房困境！這困境比起白橋鎮上公共廁所裡的情形又不一樣，但同樣是困境。

R倒好像對於他的住房窘迫不以為然，只要有好茶收藏著，他就心滿意足了。也許吧，茶道只有在面積十分狹小的房間裡才能培養出情趣來？

「劍指人心」的劍指人性——

另一件事，有天下午讀《新民晚報》，有篇叫做〈私家地理〉的小文，抄錄如下：

> 這是一個私字氾濫的時代，連地理都私家，細細想來，真有點美意。
>
> 我的親密女友，深夜寫了個家常email給我，寫她昨天下午，在淮海路的天堂流水帳。
>
> 不好意思，我抄一抄。
>
> 「darling啊，今朝跟M吃好中飯，我一個人跑去淮

海路兜了一大圈，先去H＆M晃了晃，幫阿拉女兒買了幾件吊帶衫、幾隻頭髮夾子。然後彎到紅寶石，跑進去買了幾塊鮮奶小方。再到山林，買點牛蒡紅腸。到哈爾濱買點杏仁排、鮮肉月餅。一蕩又蕩到85度C，買點冰沙，買點奶茶。本來還想到光明村買兩隻醬鴿，想想天氣熱得吃不消，走不動了。回去路上，深深覺得，生活在上海，哪能這麼幸福啦，內心獲得極大的滿足。我一邊感慨一邊開車子，總算腦子還是清爽的，及時想起來兒子的尿片沒了，又彎到匯金下頭超市，買了兩大包。最後尾聲，是衝到小菜場，買了兩條昂刺魚，請阿姨燒把兩個小人夜裡頭吃。」

深夜裡，我讀到這封email，差不多讀到熱淚盈眶。

這篇家常流水，在我這個上海女人看來，真是比愛玲還愛玲，上海味道不僅濃而且正。真的，至今我還沒看見過任何一個大導演，有本事拍得出如此細膩，如此妖嬈，如此市井，如此海派，如此劍指人心的上海味道……

兩件孤立的事在我腦海裡不經意地聯繫起來，教我想表達——或者直想放棄表達也罷！新加坡的官方用語是英語，耳濡目染，就讓我用英文單詞Gap來形容吧——就是說這兩件事合成的整件事裡分明有個Gap出現在那兒，確切的在哪兒說不上來，可就是在那兒。

Gap——中文可以有不同的解釋，縫隙、裂痕、代溝、豁口、間隔、差距、脫節，等等的意思。……這Gap不達致命的程度，卻「劍指人心」而令人髮指如骨鯁在喉。

人心即是人性。

允許我暫時先說些題外話。

斯蒂芬・霍金（Stephen W. Hawking, 1942-2018），英國人，是個坐在輪椅上的殘疾者，他的肌肉萎縮嚴重，不能書寫，而且言語表達有障礙，但他卻是當今國際上最權威的理論物理學家，特別是對宇宙天體演化的研究，比如黑洞的理論，做出了劃時代的貢獻。在英國，他肯定是繼牛頓以後最偉大的物理學家了。

那次我在上海買了本他寫的《萬有理論》，書中精要簡述的就是宇宙起源和時間本質的學說。

茲記述書中有關宇宙學的兩個前提，弗里德曼（Alexander A. Fridman, 1888-1925）第一假設：我們從任何方向觀察，宇宙看起來都是相同的。弗里德曼第二假設：如果在宇宙的任何地方觀察宇宙，弗里德曼第一假設依然成立。

已經有大量的天文觀測證據，例如由超高倍數的射電望遠鏡得到的資料，證明「弗里德曼第一假設」是對的，從地球上向宇宙的各個方向看去，星系的密度相同，而且它們都在以相同的方式（距離愈遠速度愈快）離我們而去，來自宇宙所有方向的背景雜訊也是嚴格相同的。

由「弗里德曼第一假設」，我們的地球在宇宙中所處的位置似乎有點奇特，像個宇宙膨脹的中心，除非我們相信「弗里德曼第二假設」同時成立。霍金說道：「我們沒有科學的證據來支持或反對這個第二假設。我們相信這個假設，只是出於謙虛。」

好了，回過來繼續上面的話題。

第一，我覺得，講得出「深深覺得，生活在上海，哪能這麼幸福啦，內心獲得極大的滿足」的人多是那一類人，他們／她們完全不具備認識論意義上的「物理頭腦」，缺乏宏觀的洞察力，在「世界觀」和「宇宙觀」上很無知。從科學的角度看，我激烈地以為，不具備「物理頭腦」的人本質上是有些腦殘的。

第二，肯定的，他們／她們，不僅僅是普通上海「小資」或白領，即使包括上海知識界和文化階層中的許多「高等人士」，心目中很容易相信和傳播「弗里德曼第一假設」，但不會去嚴肅思考乃至去誠懇接受「弗里德曼第二假設」。他們永遠弄不懂為何要「謙虛」！

再泛泛而論，現今「大國崛起」，中國人普遍患上類似的通病，好似首先是每個人迅速地「崛起」了。

這裡，有一個最最基本的事實是我們要正視的：人們的生存方式和遭遇的命運是如此地不同。人生來並不平等，正因為這種「不平等」，人就不應該、其實也無法憑空凌駕於「其他人」之上。

想想我們在白橋鎮的所見所聞，僵屎日復一日的堆積如山，厚糞堆下面積聚了火山能量的蠢蠢欲動，對這些姐夫也就是一笑置之。想明白了，我們人性中發臭發爛的東西其實是一樣的，一樣地潛伏而伺機而動，一樣地大咧咧暴露在光天化日之下！然而，正因為那是人性、是人命，我們還是得處之泰然地生存下去。這種生存方式有什麼什麼的「地方味道」嗎？

再者，就說「地方性」吧，說上海吧，我的朋友R，他的陋居，一個簡陋的廁所四戶共用，若是平均一戶三個人，計算一下，那個廁所裡的抽水馬桶真好比一個慰安婦，每天早上要在半小時內集中「慰安」掉十二三個人。但那些人，還有那個可憐的抽水馬桶，都還是照樣要生存下去。這種生存方式細膩、妖嬈嗎？

不是說不可以盡情揮灑「小資」情調，不可以有一種生活在某座都市的由衷的甚至帶點盲目的幸福感；也不是說作為個人你不可以漠視別的階層、別的人群的苦難和不幸，不可以滋生和張揚私家的自由主義、個人主義，不可以自豪通報「如此如此」的正宗消費流水帳；……可以的，都可以的。「都可以」的意思就是請把所有這些「可以」保持封存在一種「克己復禮」的狀態！如若比大導演還要大導演地刻意去渲染鼓吹所有這些我行我素、固步自封、自以為是，那就不足取了。

我說「不足取」其實是非常客氣的用詞了——我覺得要小心的是，口誅筆伐或者疾言厲色，若是由小女人作為對象來承受，事情尤其容易流於輕浮。

一種橫向的對比，希望達致縱向的思考——

許多人包括上海人、新加坡人，喜歡把上海同新加坡相比，那是將中國的代表性城市同新加坡相比，某種意義上也就是將中國同新加坡相比。我在上海出生長大受教育，大學畢業後留校做了幾年教師，在這個城市裡居住、生活了三十五年。

後來，我移居新加坡，至今成為新加坡公民也超過二十年了。以兩地加起來總共半世紀多的閱歷，我想我是有資格對這兩座我心愛的城市做出一番比較的。那麼，就讓我把新加坡當作樣板來描一描上海，來作為對「上海人」自戀、自慰、自愚、自殘的一種溫柔回擊吧。

大概如此吧：

新加坡是攻讀理科的精英，上海是選修文科的俊才；新加坡偏素，上海喜葷；新加坡是三十層樓設施齊全的標準六星級酒店，上海是一百層樓以上具有綜合功能的摩天大樓；新加坡是線條清楚的鋼琴五重奏（室內樂），上海是效果轟鳴的鋼琴協奏曲（交響樂）；新加坡是「麥卡倫」（Macallan，追求細緻平衡的頂級單一麥芽威士卡），上海是「五糧液」（尋找刺激的濃香型高酒精度的精品白酒）；新加坡是講究組織智慧的海豚，上海是提倡攻擊能力的大白鯊；新加坡是《國家地理頻道》拍攝的高素質短系列紀錄片，上海是中宣部撥款製作的四十集大型電視連續劇；新加坡是性能優越的「法拉利」跑車，上海是馬力強勁裝備齊全的「悍馬」甚至火力凶猛的「豹式」坦克；新加坡是特工用的小口徑精準手槍，上海是大部隊突擊使用的AK制式衝鋒槍……

（獨立中文筆會《自由寫作》2016年6月14日）

注：我舅舅於2016年3月27日逝世，終年九十一歲。那天星期天，是西方的「復活節」。

城市的封套

一、怡保

從地理位置上看，怡保處在馬來半島南北向的心臟地帶。

我以前打工時，近二十年間多次出差下怡保，一個強烈的感覺是，同日新月異的新加坡相比，或者用中國國內許多快速發展的一、二線城市作為參照，這座鄰國中部重鎮的小城面貌和規模，好像並沒有隨著時間的推移出現什麼引人注目的改造和改變。就是說，怡保完全缺乏那種緊鑼密鼓的現代化發展步伐；若真把它算作一顆心臟，那麼這顆心臟跳動得遠不夠強勁、不夠活躍，彷彿有點像是垂暮老人的慢擊心臟。

但是作為水土一方的山城，怡保周邊的青山翠嶺始終給人秀麗明媚的印象，像是始終守著一份小家小業，從容過日子的端莊少婦。

所以那時候每次去怡保，腦子裡總浮現老夫少妻，相攜相敬的聯想。

百十年前怡保曾是個繁盛的錫都，後來採錫業衰落了，它也就好像氣象不再。至今怡保城外還留有不少廢棄的錫礦形成的礦湖，寂靜的湖面上漂流著古早的幽思和寄託。「金銀銅鐵錫」，錫排在最末一位，規定成不了貴金屬——這多少預示了這座城市的命運。

不過，你如果花時間在怡保轉轉，耐心地「淘寶」，也會發現一些令人驚訝的好東西。比如，在那座並不特別大的吡嚦洞（一譯霹靂洞，Perak Cave）中，「庫藏」了好多中國近代著名文人騷客之真跡遺刻，張大千、于右任等，彩墨、水粉，壁畫、書法，不一而足。

瞻仰完那些遺跡後，我一直沒弄懂一件事：當年從那些大城市到達怡保的交通路途並不方便，南洋的氣候又很炎熱潮濕，多蟲豸和傳染病，而且很長的時期太平洋戰爭還熱火朝天地進行著，戰火也延燒到新加坡和馬來西亞，那麼，是什麼因素促使這些民國的大腕們不顧戰亂、忽視危險，克服重重困難，非要來此「小地方」清靜座談，慨然留筆呢？

他們肯定不是衝著那錫都的虛名而來，「稀世金銀」這些文化大人們都見識得太多了，更何況是區區的「錫」？

換一種想法，那是衝著那少婦的容姿和氣韻來的，類似於亂世硝煙中雅士的偷情玩調？但好像也不是那麼回事。總不會吧——這麼多精神層次頗為高尚的藝術家們在短短幾年內集體中了邪，患上了一種難以根治的「中老年單相思病」？

「明月一壺酒，清風萬卷書」，這是吡嚦洞中于右任書寫的五言條幅。不知道那是不是半路出家的弘一法師撰的？哦，「移植」過來想想，明月曾經照臨過小城怡保呢！可又是怎樣慘澹的明月啊？

還不如說，這些大人物紛紛南來怡保可能真的也沒什麼特別的理由，只是一種「路過」而已，一陣「清風」而已。所謂的亂世麼，就是內患外憂，炮火連天，遍地的生靈塗炭，滿目的惡欲橫流，等等，等等，所有這一切，把千百萬個個人在千百萬種情形下的千百萬個特別的理由都抹殺，都鎮壓，都銷毀，都讓其灰飛煙滅了。澈底沒有理由了。亂世中每個人的生命狀態都被擠壓到了一種平常本質到不能再平常、再本質的狀態，還談什麼「小城故事」！在大歷史和大時代的背景框架下，怡保最多也只是個讓人能夠暫隱暫喘、孤涼粗鄙的「世外去處」而已。

而那個心跳像長壽的兩棲動物一般異常緩慢、異常穩定的垂暮老人，在長達整個世紀甚至跨度更長的時間進程內，對亂世也好，對偷情玩調也好，對金屬、貴金屬的身價起落和買賣行情也好，對內患外憂和灰飛煙滅，對數不清、道不完的平常本質，對那有點自欺欺人的清風明月，始終如一地睜一隻眼閉一隻眼，當它們「全部透明」。

很多年過去了，已經當代了、現代了，一切卻又愈來愈回歸於初始狀態，那些珍貴的壁畫、書法像廢礦一般被慢慢地埋沒了，或又更像是添加成了少婦的一份稀奇但實在是多餘的壓箱底的嫁妝。

最終你看到，時間總在老的這一邊——時間的確是透明的，可是時間的重量卻勝過所有金屬重量的總和。

二、檳城

一提起檳城，人們首先想到的就是它那遍佈大街小巷的地道傳統美食小吃攤檔。

當然不只這些，檳城還有著和著名歷史事件的深厚淵源，比如，它還保留著當年孫中山、汪精衛等革命黨人下南洋進行反清宣傳活動的會所遺址。此外，檳城還是見縫插針的「婚姻介紹所」，專為革命紅人、革命領袖牽線搭橋——報上報導過，孫中山為了「革命的需要」在檳城娶過一個老婆，而汪精衛的檳城老婆陳璧君還是這位民國美男子和大漢奸從一而終的結髮妻子。又比如，可以追溯得更遠的，城裡有一處靠近山崖的地方，堅硬的地面上保存著據說是當年大明朝的「三寶太監」鄭和穿官鞋踏出的「大腳印」。

它無疑是一座民風仍然還算樸實無華，樓貌街景都能夠拍懷舊電影的城市。

那是鏡頭裡的檳城……

我曾經多次出差路過或停留在檳城，對它的跨海大橋、它的瀕臨海灘的摩天公寓大樓、海濱電子工業城、市中心的現代商廈等等都有著深刻的印象。有一個星期天我還在住宿酒店的安排下做了檳城一日遊，看了提心吊膽的蛇廟，看了臥佛寺，裡面的臥佛好像是用整根原木雕就的，看了收藏了許多美麗標本的蝴蝶館，還有著名的賣品種榴槤的商販集中地。那天的最後一個節目——參觀體驗建在黃金海灘地帶的「香格里拉」大酒店，陽光下許多洋人、白人的皮膚閃著外星球上才看得到的亞色金光。

走馬觀花比我想像的要豐富多彩。事在人為——不，檳城是「事在事為」的城市。

那是景點內的檳城……

有幾年，跟檳城有關的熱點新聞是馬來西亞的華人反對黨民行黨在全國大選中從巫統手裡奪取了檳州的政權。曾經坐過牢的林冠英當上了檳州首長，坐鎮檳城辦公。雖然在那次選舉中，一直在馬來西亞的政治生活中坐大的巫統不僅失去了檳州，還一口氣被各反對黨奪走了西馬的四五個州政權，國家政權幾乎變天，但是毫無疑問地，其中數檳州的異幟最為關鍵，最具有象徵標誌。

檳城在政治上的戰略意義是不言而喻的。或問：政治的曙光在檳城升起了？

輸贏在檳城。

那是理念中的檳城……

有一次傍晚我乘計程車從怡保趕向檳城機場，然後要坐晚上的飛機回返新加坡。可是在跨海大橋那兒遇上了堵車。司機怕我耽誤了回新加坡的班機，就當機立斷轉個彎去乘渡船。後來我站在內海航行的渡船甲板上，遙望檳城跨海大橋，只見無數的車輛擁擠在斜張橋上，幾乎無法動彈，細看之下，又像是一道電玩中的神奇凝聚模式，向著暮色蒼蒼中的檳城緩緩流去。

那一剎那，我忽然覺得，那些摩天公寓大樓、電子城、大酒店、寺廟、商館會所、歷史「大腳印」，……統統隨之變成了一道「流」，統統在某一指定的機要時刻，像電玩程式一樣，被檳城這座城市不由分說「吸」了進去。

這的確很好玩啊——檳城把檳城吸進去了，檳城吞吐消化了檳城。

檳城一直以來都彷彿這樣把自己在原地複製了一遍又一遍，但又像電影《駭客任務》（*The Matrix*）裡形容的一樣，每一次的複製總會遺留或產生一些程式上的bug，使複製後的檳城意外增添了一些更好玩、更刺激的內容。

複製複複製。

那是程式上的檳城……

（《赤道風》2018年4月第100期）

注：2018年5月，馬來西亞更是「翻了天」，主宰了政壇至少四十年的「國陣」在一場大選中失去了執政權，此為後話。

星海，星海（外一篇）

一、星海

好多年以前，我從大連去旅順，半道上，在那時候新開發的海濱景點「星海」做一短暫停留。

站立「星海」正面開闊處朝海的方向望去，呈弧形狀自然展開的海灘上，介於來去匆匆和去來不匆匆之間，那樣的三四陣海風，如此的半打陽光，前後左右的人頭晃動，一疊連聲的廣播喧嘩——那些個活動的、跑動的、可傳送的、可轉移的存在元素，多不堪彙集，奇怪的是，也多不堪消散。不由想起以前讀過一篇文章，題目裡的句子「一半是海水」——文藻洋溢，思緒飄颻，一時倒不能確定那就是一個「集散自如」的題目。

舉步走近前去，沙堆上，七零八落的海螺、貝殼等軟體動物躺倒著，等不及般要脫掉大海賦予牠們的輕薄水靈的衣裳，寧願露出那靜默的微小的、但又渴望通過被撿拾、被抬舉來得以昇華的肉質內核與生命生態。脫掉鞋，赤腳踩在沙灘上面，那柔軟的輕鬆的深陷，觸及的熱量使內心的想法和更多的不願圍繞內心的想法均變作了細小的砂粒，變作了又敏感又不敏感的肉質。想說，海灘上任意一顆小小的飽滿的砂粒其屬性比人類的整個暴發、整個擁有以及整個浮誇還要占體積，還要熱燙。

進一步觀望發現，沿著「星海」的這片弧形海灣的海岸線，佈滿了錯落有致形狀各異的礁石。礁石不但外形千奇百怪，連顏色的深淺明暗都各有各的出落章理。仔細看下來，那些深入海中較遠的礁石，因為承受了更洶湧也更默契的海浪的拍擊和沖淘，顏色顯得深厚濃郁一些。心中不免肅然：海水這樣本質上「無色無彩」的介體，天長地久了，居然能夠錘鍊出一種不動聲色的至深！那礁石是陸地的肌理，又是海的造化，還是人的成長經驗的正動和反動。

於是乎，在「星海」這充滿詩意的名字裡，礁石也好，貝殼也好，海水也好，各種各樣的喧嘩跑動也好，都呈現一種既短暫又漫長的過程，一種潛移默化的「認」，一種……怎麼說好呢，對了，一種意味深長的「一半」的狀況。

興之所至，坐上一座最為突起的礁石看海看天，海和天的彌合難以完整覆蓋我和這塊石頭的即時約定。瞧，遠處的巨輪慢吞吞在海面上行駛著，更多更大的巨輪則停泊在港灣外等待召喚進港。港口的日日夜夜的繁忙述說著一部連續性的故事，關於到達，關於遠航，關於輸送量和進出口順差、逆差，關於浮生浮世的載與卸。

更遠處，幸虧不是巨輪在完全主宰海面——十幾隻由個人操縱的小帆船正悠閒舒展地穿梭於巨輪和波濤之間。這是一些真正的玩海者。白色的風帆在深藍的天空下繃得筆直耀眼，人的體力時常比心靈更瀟脫張揚。有一兩張白帆已經去到了隱隱約約天際模糊的海平線，心說，是什麼人真的決定出海了嗎？或者那並非是認真慨然的舉動，而只是強者的又一次隨波逐流罷了。

彷彿是，人又最終輸在了「體力」上。

鄰近的礁石上有人迎向強烈的海風站立著，高高揚起雙臂，但見腰板、肩膀協力而發，一根長長的漁線甩下了海中。漁線上繫著許許多多的小鈴鐺，被風刮弄出許許多多三心二意的清響。漁線頂端的餌鉤與小鈴鐺的清響一起，在空中形成一道完美的拋物線，然後雙雙飛沉入海。它們一定沉得很有份量、很具擾亂感，因為我見到，海被激勵得不再遲疑，潮水頓時悄悄地湧起。

潮水悄悄地湧起，隨即漲得極其迅猛。前方驀地出現一隻海鷗，回應漲潮似的，疾速掠過渾濁的浪尖，又彷彿由於什麼事沒有成功而淒涼地叫了幾聲。你對事物傾注了幾乎全部的注意力和疲憊心，你為此而急於宣洩嗎？你顯得不能自拔的脆弱，同此時此刻的我一樣。

情形恰似佩索阿（Fernando Pessoa, 1888-1935）《惶然錄》（*The Book of Disquiet*）裡的道白：「我在心裡受傷，在心裡自傷，每一個時代的渴望和千秋萬代的一切騷動在轟隆隆的海岸邊奔騰而來。」

星海，星海，可以理解成「星羅棋佈的海」——海可以是如此地「多」，如此地廣泛，如此地一次又一次並一個接一個地在我們的感覺世界裡創造和消失，卻又永不枯竭地留存了海的精義。

而看海的我們，何時才能體會和學習用一隻平凡的海鷗的脆弱來鞭策自己常常缺乏內心真情的人生！

二、東雞冠山

那次我到旅順是去拜訪我的一位大學同窗好友，自畢業後，我們有三四年未見面了。在旅順逗留期間，我那同學帶我去遊玩了東雞冠山。近年東雞冠山已經成了熱鬧擁擠的旅遊景點，那時，東雞冠山各處卻還略顯荒蕪，少有人跡。

東雞冠山這一帶是當年日俄戰爭的一個著名的戰場。

日俄戰爭是日本和俄國這兩個近代帝國主義大鱷為爭奪中國東北和朝鮮的權益而爆發的一場曠日持久的大規模廝殺，由日軍突然襲擊旅順港內的俄國艦隊而揭開戰幕。

旅順港從海上極難攻克，從陸地上迂回包抄並拿下這戰略要地就無疑是那場大戰非常關鍵的一役。老辣的北極熊占據旅順已久，他們很早就預知會有和日本人攤牌的那一天——山頭上至今還殘存著百多年前俄國人精心修築的地堡、壕溝和防禦工事的片片段段。明明白白的陽光下，這一堆堆支離破碎的遺跡已經龜縮成精，像被刺殺、被丟棄的巨獸的散落的內臟器官，蕭瑟而扭曲而不甘心而遺臭萬年。但是，那股食肉生物的原動力因為長期缺乏血腥的餵養，分明是終於乾枯冷卻了。

列強用鋼筋混凝土澆灌的歷史敘述裡，依舊迴蕩著不絕於耳的槍聲——軍士們仔細瞄準後射出的步槍子彈快慢相間地飛行了超過一個世紀，仍然不可思議地具備殺傷力——這個當年提供了大戰戰場的民族也依舊是那麼地容易被擊中，被反覆擊中要害後又依舊是那麼大無畏地挺身高喊：「來吧，老子連死都不怕！哼哼，你，傷，不，了，老子！」

是的，我深信人毫髮無傷，我亦深信人可以刀槍不入。那麼山呢，我看到屹立著的東雞冠山的百尺峭壁負著累累彈痕和傷疤，歷經滄桑，卻羞於比人挺立得更為高昂，或者準確地說，山不羞於與人比肩顯得更為矮小，不羞於不挺身而出去擔當大場面、小場面的豪言壯語。山甚至就好像只是一個優質優選的酒瓶而已，它坦坦蕩蕩、誠誠懇懇裝盛過的那麼多的偽劣酒、冒牌酒都被人喝了，喝光了，喝醉了。而大半個世紀過去了，一個多世紀過去了，喝光喝醉那劣質酒、冒牌酒的人已無酒可喝，但他們卻依然「滿」著，依然「醉」著，只有山崖和峭壁陪在一旁「空蕩蕩」立著，上面的累累傷痕如同空酒瓶上依稀可辨的印刷標籤，清楚記錄著當年瓶裡的「酒精含量」，以及酒的「保質期」。

實際上只要一發子彈就可以使真正的血肉之軀痛徹並清醒的。

但「不怕死」的似乎多是麻木不仁的傀儡，有感覺、有知覺的戰士真屬鳳毛麟角。

峭壁下是視野極為寬廣的一馬平川，顯而易見這是一個易守難攻的地形。當年日本人要通過陸路從俄國人手中奪取中國的不凍港旅順，首先就必須攻克東雞冠山這道天險屏障。雙方的攻防激戰持續了很久，日軍在那位陸軍名將乃木希典（Nogi Maresuke, 1849-1912）的指揮下，依靠密集炮火的掩護，一波波從平原上向山頭的要塞發起英勇的衝鋒，一波波陣亡，一波波敗退，乃木的一個當尉官的兒子也在領頭衝鋒中犧牲了。想必當落日西下，視死如歸的喊殺聲暫時在硝煙瀰漫中化為一片死寂時，「戰神」乃木曾經是何等地黯然神傷。

後來，據說是由一位當地的中國鄉民帶路，日軍一支小隊沿著一條鮮為人知的密徑繞到了俄軍的側翼，發動了爆破和奇襲，加上正面的再次強攻，才一舉克制和占領了這個「名垂史冊」的山頭堡壘。

日俄戰爭最後是以日軍在中國土地上的全面獲勝結束。乃木和另一位在那場戰爭中率領大日本聯合艦隊在對馬海戰中奮勇擊潰從歐洲趕來支援的俄國波羅的海艦隊的東鄉平八郎（Tōgō Heihachirō, 1848-1934）一起，成了日本國民心目中的英雄，也是在現代戰爭和近代歷史的意義上，東方人（首次？）在海陸兩地戰勝西方人的英雄。

有一個傳說，戰鬥結束後，乃木希典，這位充滿了武士道精神的陸軍指揮官深感在東雞冠山一役中手下的軍士傷亡太重，包括自己的兒子也捐軀了，勝利有些得不償失，需要由他個人來對此沉痛謝罪，於是就站在已經飄揚著日本軍旗的山頂上，對著大日本方向剖腹自盡了。不過這個傳說大概不可靠，因為查看歷史資料，乃木在隨後日軍強取奉天（瀋陽）的戰鬥中仍然擔當前線指揮官，進一步用了無數戰士和平民百姓的生命和鮮血為大日本陸軍贏得新的勝利和榮耀——話說回來，日本軍人的確喜歡動不動切腹自殺，「哈伊，巴格亞魯」，視別人和自己的生命如同兒戲。

又聽到過這樣一個故事，改革開放後的大連，有一次來了一個日本的工商界代表團。代表團和大連的有關部門官員舉行了多次關於投資專案的閉門會談。其中一次後期的會談快結束時，有位大連的地方官員不知怎麼在輕鬆的氣氛下無意中說起了歷史上的乃木希典其人，不料日方幾十位成員一聽到翻譯提到乃木的名字就立刻刷的一下全體起立，謙恭地低下頭表示敬仰和追思，弄得在場的中國人都面面相覷，不知所措。

用現今流行的話語來說：「嗯，這場景有點意思，酷。」

依我看，這沒什麼好指責的，甚至體現了真性情。敬仰就是敬仰，對於敬仰本身不必深究對錯。如果有人聲稱他長大成人後絕不會對任何一個人產生盲目的敬仰，那麼很顯然地，他還沒長大成人。

好了，既然站在了東雞冠山的堡壘舊址上，站在了那場戰役的制高點，就不妨做些不偏不倚的「純粹理性」的思考。比如，以那時的技術水準來衡量，俄國人修築的戰地工事是純粹的工程學、土木學經典；乃木的所作所為純粹反映了一個優秀軍人的天職和意志；日俄戰爭有它純粹的軍事上的借鑑要點和戰略戰術解讀；等等，而那個中國人的為日軍帶路則純粹說明了……

說明了什麼呢？

某人恰巧知道他家鄉的某條不為人知的小路，而這人又恰巧喜歡為別人或為某些特定的別人誠心誠意地帶路？

這個人的「純粹」幾乎是一種說不出道理的純粹，弱者的、愚者的純粹，令人悲哀，但又令人禁不住想為這悲哀付出些許歎息乃至感動。

一個喜歡為外人帶路的民族，弱到了極點，弱到了被迫出賣自己的弱點，卻又非常依賴於一種不屈不撓的表面精神的民族，有著一座座哲學和思想的天險但在行動和行為上卻屢屢失守的民族，無與倫比的「純粹」，純粹到能在意識和無意識深處同等包容兩則實踐的取巧教條，「敵人的敵人就是朋友」以及「朋友的朋友就是敵人」，並且為之得意非凡的民族。

到最後必然在理念上不分敵友的民族，到最後必然是沒有真正的朋友的民族。

這樣「純粹」的民族，其「人」和「民」的性格往往比海水的化學方程式還要複雜，還要混亂。如若這樣的「人」和「民」不幸結合形成了一股巨大的「禍水」——讓我們專心祈求吧：「一半是海水」！

從東雞冠山上能夠俯瞰整個旅順港及港口外的渤海灣——彷彿又看到在「星海」的渾濁浪尖上弄潮滑開去的那隻海鳥，並聽到牠的淒涼的叫聲亦近亦遠。

人其實很難做到用一隻海鳥的脆弱來鞭策自己的人生，因為人擁有工程和建築的成就，擁有戰爭和戰無不勝的氣概，擁有敬仰，擁有民族的強感和弱感，擁有百年以上、千年以上的歷史，所以人不再孤單，所以人根本不能理解亦不能思索單獨一隻海鳥的脆弱。

或者是情況絕然倒過來，「人們」集體性地比單獨「一隻鳥」更脆弱，所以他們不敢也無顏面對這種尷尬窘迫的無望和墮落？

由此推斷，日本軍人喜歡切腹自殺，會不會是用捨棄生命的辦法來表達甚而來追求個體的脆弱感？至少有一例是這樣極端誠懇的？

當一介職業武夫突然認識到，他要在精神上超越一場單純的軍事勝利已經很困難了，要超越一場慘重的人性失敗則更加困難重重，他就簡單合理地選擇，不如向自己的肉體開刀。

日本人也許沒有那樣的哲學思維高度，但不得不承認，他們有將精神價值付諸實踐的直覺和自覺。

不過話要說圓了，他們——這些個「小鼻子」、「小鬼子」、「倭寇」，絲毫不值得我們堂堂「大中華」的子民去研究，去效法，去進行精神比較，對嗎？

對嗎！！！

眼看著海面上起風了，雲層翻覆變幻，遮住了日頭，海和平川都一時間暗淡下去。深灰的天色襯托出山峰那凝黛的輪廓——「東雞冠山」，這名字樸實有趣，是取其形狀吧。有形的山啊，但願你能同我們一起做到先放鬆形體，後追求自由，再達致心靈圓滿；但願我們永遠不會突然冒出向自己的形體惡狠狠開刀的念頭。

日頭偏西，光輝再次照耀海天。我極目四望：長林豐草，青山碧海，晴雲芒霧，夕暉煙村，處處是那樣地美不勝收，美得讓人重新感到由衷的孤單。

三、土坑

那次我去旅順的時間是上世紀八十年代早期的一個初冬，住在我那位大學同學的家裡，他家那時住的還是冬天沒有供暖管道和設備的老屋子，我就和他一家人，包括他的七十多歲的老父親同睡一張底下燒火的土炕。

好幾個晚上，吃了晚飯，就盤腿坐在那張土炕上，聽老人給我嘮侃很多以前占領過、管治過大連和旅順的老鼻子（俄國人）和小鼻子（日本人）的故事和軼聞。老人說起這些事，有些是他親身經歷的，有些是道聽塗說的，說得很平靜，沒有什麼大悲大喜，最多是說到有趣之處咧開缺牙的嘴沙啞地笑笑。在他的記憶和述說中，歷史事件統統還原為人的事件，侵略者也好，戰爭狂也好，紅軍也好，憲兵也好，將軍也好，幹部也好，都理所當然地在一般的個人個體的意義上被對待，被談論，被取笑。

他也講到日俄在東雞冠山打的那一仗，神色充滿傷感：「哎，那仗打的！那一仗下來，小鼻子死老老（太多）了，都是年輕人。」那種傷感是一位飽經風霜的老者對一群死得過早、死得過慘的青春生命的傷感。不，與其說是透徹地傷感，不如說是透徹地懂得人在何種情況下才可以將生死置之度外的人生智慧。

我覺得這樣的老人在很多方面像他身底下的那張土炕，平實、敦篤、包涵，然而出世入世的火候分明又達到了洞析的境界。

甚至是火歸火、土歸土的境界。

每夜入睡前，老人總是關照我不要貪暖而靠著土炕的那面火牆睡，怕太熱了，我會受不了，「燒壞身子」。半夜裡，他會時不時探起身子，把手伸進我的被窩，摸摸我的背，是否冷，或是否流汗？感覺一切正常他又躺下睡了。雖然我閉著眼睛，但時常半睡半醒半夢著。在初冬的北方的夜晚，聽一位老人在身旁輕輕地咳嗽和打鼾，聽身體下面土炕裡的火苗散散淡淡地畢剝作響，深感萬事萬物的厚道離自己如此地近。我知道，有了這世間無處不存的厚道，我最終會睡得分外踏實。

曾經有一篇文章談到，燒火炕的材料有好多種，有好壞等級之分。柴禾、碎木、樹片等都是不錯的，煤屑更好，乾草灰是最好的。在土炕內燃旺的火堆上鋪一層均勻的乾草灰，火頭就成了溫度適中、綿長持恆的「文火」。人們在冬夜裡烤在這樣的文火上，睡夢裡增添了無盡的富足和感恩。

照我看，雖然不同的材料「意圖上」會燒燃出不同「等級」的火，但土炕本身用它近乎小女人般的細緻、溫存、耐心和恰當的熱容量，最終將不管什麼材料都成就出一堆「統一」的、與我們需要常規睡眠的人的生命所共通的星星之火。每個人的生命遑論卑微如草灰、樹皮、煤屑，人生中總能企盼有土炕這樣的守護神降臨，來照應我們的命運之火，使我們活得儘量有熱量、有價值。

我忍不住問老人：「老爺子，我常在這兒的海邊看見海鳥在飛啊飛的，牠們在尋找什麼呢？」

老人答：「哎，說來話長。甲午那一仗，大清朝敗了，小鼻子勝了。小鼻子拿下旅順港，傷亡了不少人——這旅順是塊寶地，一開仗誰都想先拚命拿下它——但他們把氣出在俺中國老百姓身上了。他們占領旅順後大開殺戒，殺啊殺，那個慘啊。老輩說當時整個旅順逃得性命的就只有三十六個人，那是小鬼子留下埋死人的活口。那些在海邊飛著、叫著的海鳥就是被殺害的冤魂化作的。牠們不在尋找什麼，牠們是無處可去啊。」

我悲切地恍然大悟。

三十六！這個數字是這般這般的「隨心所欲」，卻這般這般駭人聽聞的精確。

人類的許多厄運非得用精確的數字來記錄才觸目驚心。

為什麼人類，包括日本人、俄國人、中國人、歐洲人、亞洲人，敵人和自己人，不同的種族、不同的膚色、不同的國籍，相互之間會大規模屠殺、想方設法滅絕人命，以至於成癮成性？

老實說，我苦痛地不知道答案。

但我知道的是，活著的人總比海鳥要稍微「幸運」一些。不如說，我們所有活著的苦痛的人都是那三十六個人裡面的一個，我們「被選擇」逃得了性命，成為「活口」倖存下來。

但在更廣大的宇宙意境裡，我們又「沒有選擇」地和那群海鳥一起，要共同面對那無所謂生死、「無處可去」的大人生。我們的靈魂和那無數的冤魂一起，都需要一份大的悲憫、大的勇氣來戒除剷除那殘害異己的「癮」和「性」，來共同戰勝三十六這個魔鬼數字。

那天晚上入睡前想到「大小人生」的問題，腦子裡就一直想了下去，還想到了其他許多相干或不相干的問題，不覺在土炕上輾轉難眠。忽聽身邊的老人對我感歎道：「這房子太舊了，很快就會拆掉了。新蓋的大樓都安裝了暖氣，不再用燒火的土炕了。下次你來就睡不到它了。」

我默然。

老人是在一語道破他的擔心。

人類在世世代代的繁殖和延續的過程中總會失去很多寶貴的東西，這往往辯證地代表了進步。但憂慮還是存在：進步的內涵是什麼？老人提到的「火歸火、土歸土」的命題就是，當我們有一天習慣於使用功利的暖氣來取代真正能培養體溫和熱血的土炕，那麼，我們也會習慣用膚淺的愛、膚淺的恨，來取代那能和一隻海鳥共渡苦海、共渡星海的悲憫和勇氣。

外一篇：再打一次甲午海戰，誰勝誰負？

——本文寫於2014年4月

今年（2014年）是甲午戰爭一百二十週年，又恰逢中日在釣魚島海域再次嚴峻對峙，圍繞熱點，文章的這個假設的問題變得深遠而迫切。

我曾經以各種方式就以上「疑問」請教過許多國人，生活在國內或國外的，各種年齡段的，結果可以套用一句統計術語來形容：百分之九十九點九九的回答者有百分之九十五以上的信心，中國必勝。其中沒有，至少一個人都沒有，哪怕是心平氣和地表示，不加置評。

那麼，換個角度，追問中國人另一個問題：一百二十年前的甲午海戰我們是怎麼敗的？情況和答案要複雜曖昧些（「失敗」這個詞總是刺激「愛國者」要害部位的神經）。如果把不同的歷史時期作為橫軸座標，而把中國人在那一時期集體給出的「統一答案」作為縱軸指數，結果會看到一幅有趣的「曲線」或「圖像」，足夠引人正視和自省。

首先來看「陳舊的」答案：上世紀八十年代以前的中國大陸，真理還未蘇醒普及，官方版本的解釋，也等同於廣大群眾的理解，就是黑白電影《甲午海戰》裡總結的幾條：

1、慈禧侵吞挪用了軍費去建造「頤和園」致使海軍軍備廢弛；

2、清朝政府和李鴻章賣國求榮；

3、日本海軍不宣而戰偷襲得手（先懸掛美國旗，然後待其駛近我北洋水師才改掛日本旗）；

4、西方列強假意調停，其實和日本一鼻孔出氣，更可惡的是在供應給我北洋水師的炮彈中摻了大量泥沙，使得它們臨戰打不響炸不開；

5、北洋水師中的內奸如劉步蟾和方伯謙之流搞破壞，交戰一開始就故意打錯信號旗，再臨陣脫逃撞毀自己的軍艦，從而造成不戰先亂，等等。

改革開放後，資訊相對暢通了，更多歷史真相呈現在中國人民的面前。毋庸說，大家已經瞭解到，上面所列「原因」中的很多條都是編造的、不真實的，基本上是「託詞」，還有幾條是牽強附會的誇大和歪曲。時至今日，儘管對戰敗之因仍然存在爭論，可是從「大的方面」來說，達成了一定的共識，那就是，甲午之敗，乃至以甲午之敗為突出代表的整個中國在近代所遭受的種種失敗和恥辱，最根本的原因，在於那時的中國社會從上到下、從裡到外的腐敗和落後，包括政治制度、軍隊制度、人事制度、外交制度等，不一而足，……而根深柢固的腐敗和落後自然而然也會延伸牽涉到自以為不可一世亦號稱「遠東第一艦隊」的北洋水師，其中不乏靡爛懈怠、招搖過市、劣跡累累的事例：「1890年，外人已屢謂北洋海軍缺乏紀律，……北洋海軍風紀愈壞，官多攜眷陸居，兵亦去船以嬉，每每巡弋南洋，相率淫賭於上海、香港，以至吞沒軍餉，丁汝昌無如之何。至於負責艦隊軍火供應的有關人員，更是弊端叢生。」（見《近代中國史綱》上冊，第246頁，郭廷以著，香港中文大學出版社）。

遺憾的是，歷史爭論喜歡走回頭路。我上面之所以說「對戰敗之因仍然存在爭論」，部分原因是，最近一次在新加坡和一批中國朋友聚會，席間談論起甲午往事，有一位飽學之士相當肯定和自信地說，甲午之敗，那是因為我們「畏戰」。畏戰——言下之意，當年是因為中國海軍害怕外敵而不敢應戰才被人窩囊打輸的，如果勇敢豁出去拚命，勝負就會反轉。

聽了此說，我的第一個反應，是不由得想起近年來中國國內的「抗戰」電視劇給觀眾所做的大量「娛樂性」示範表演。最著名的非《亮劍》莫屬了，八路軍的連長李雲龍一出場，就用兩發迫擊炮彈（一發是試射，所以嚴格說只用了一發）摧毀了當前圍困他們的日軍精銳聯隊的指揮部，趁敵失去指揮慌亂之際，全連一個漂亮的反衝鋒，把鬼子打得稀巴爛，揚長突圍而去；另外一次，李連遭遇日軍密集阻擋，李讓全連把所有的手榴彈集中起來，然後挑選連裡的幾個優秀投手，把那些集中的手榴彈連續幾輪向數百米外的敵陣準確投去，一陣劇烈轟響，效果猶勝重炮、排炮、火箭炮，日軍鬼哭狼嚎，完全喪失了鬥志和抵抗力，八路軍戰士簡直贏得不費吹灰之力。以此類推，非但共產黨的八路軍、新四軍，就連張學良麾下丟失了整個東北三省的東北軍也跟進，照樣可以在王牌日軍面前虎虎生威：在另一部著名電視劇裡，一個東北軍的下級軍官在用集束手榴彈（又是手榴彈，它太好用、太中意了）敢死式炸掉了一輛關東軍的坦克、敵軍聞風退逃後，大叫大嚷道：「這仗打的，解氣！」

把古老的教條「兩軍相遇勇者勝」活學活用照搬照抄，全不顧事實和邏輯了。反正，不管咋的，勝利就是事實，勝利就是邏輯。

查一查網上，相呼應的，近來也有許多中國線民一本正經發表「戳破日本海軍神話」之類的解析文章，大話甲午當年如果怎樣怎樣，則我北洋水師打勝日本聯合艦隊應該是輕而易舉的——敗軍不但言勇，而且言勝。「畏戰論」的出處大概也在這兒了。

這樣的玩爽，是隨著新形勢下的「大國崛起」，看待歷史和世界格局的一種「新的」眼光，武斷、虛妄，而且還帶有空洞而強逼的威脅性。

新說「畏戰」所體現的狂妄天理就是，無論何時何地，兩軍對陣，只要中國人敢打敢出手，那麼，毫無疑問地，日軍也好，美軍也罷，即便是外星人，就統統成了貨真價實的紙老虎，勝利和最後勝利必定屬於中國。至於部隊的訓練水準和戰術素養、戰場的進攻和防禦組織規範、武器裝備的合理運用和配合、立體作戰以及後勤保障和支援，等等，全是扯淡，只要老子一聲吼打了，老子就打勝了，老子就他媽解氣。中國人總責怪日本人不面對歷史，其實很多中國人自己對於歷史何嘗敢於直面了？所謂「新說」，拆掉豪氣沖天的虛假包裝，它的內在邏輯（如果有的話）不過是和形勢「開化」前官方所列的「原因」如出一轍，總尋找似是而非的「藉口」，企圖迴避和否定「大的方面」的寶貴共識，否認敵強我弱，否認失敗是必然的。這非但在思想意識上倒退回封閉時代，甚至是自覺的變本加厲——這年代，具有「新意義」的事情是，「民辦」的自我愚弄和自我忽悠有時候比「官方」的正版灌輸和造假更加肆無忌憚、更酷。

咎由自取？

還有人走得更遠，拿朝鮮戰爭（「抗美援朝」）來說事，以當年的中國志願軍戰士用血肉之軀和簡陋的武器裝備抗擊並「打平」了世界最強的美國軍隊，來證明其無所畏懼的觀念的正確性——他們甚至沒有意識到，這是用謊言捍衛謊言。就那場戰爭來說，就所有的戰爭來說，那些鼓吹者已經非但分不清誰輸誰贏，也分不清誰是誰非，更分不清誰死誰生（死的是幾十萬、上百萬無辜的中國士兵，生的是臃腫腐朽的金家王朝）！

如果幾乎是「全民」程度地對過去的和將來的「甲午之戰」都滿懷深度樂觀的信念和預期，我倒寧願說，「不加置評」。

前不久，在新加坡國立大學舉行了一個論壇，以「中日是否會再次開戰」為題，其中，國大東亞所主席王賡武教授在發言中認為：「中日兩國今天的條件，與1894年較接近。兩國都有一定的經濟實力，但是軍事實力的高下較難判斷。日本軍隊的訓練和武器更精良。」他更進一步指出：「在我看來，在軍事方面，日本有明顯的優勢。」（見新加坡《聯合早報》2月21日，第17版）——我相信，忠言逆耳，許多中國人對此中肯論述是不會服氣，甚而會大肆討伐和謾罵的。他們腦子裡爆炸性地充滿了己方無比壯大的軍威——中國的「神舟」載人飛船上了好幾次天，航空母艦也下水了，最新型的戰鬥機已批量入役，中長程導彈鋪天蓋地。小日本算個啥？我們動個手指就可把它滅了！那些人，我不叫他們群氓，不妨叫做「超級無畏族」，他們永遠站在心理制高點上笑談和藐視天下，從來不願降低身段考慮和接受平衡的反例，比如，眾所周知的整體對抗作戰的榜樣，近年來中國足球隊和日本足球隊相互較量的戰績怎樣？兩隊各自在不同類別的比賽中與其他世界強隊（或者哪怕所謂的弱隊吧）對壘所取得的戰果如何？兩國足球隊在國際足聯公佈的最新排名分別是多少？

舉更平實細緻的人文面貌為例，幾年前，有個我認識的中國著名大學的教授曾去日本大學做交流訪問，他驚訝地看到日本大學生在學校食堂用完餐後，紛紛在某個角落排了好幾列長長的隊伍，分門別類丟棄垃圾。他感歎，具體對照國內大學食堂每每有的「髒亂差」的情況，「我們的大學生和下一代的文明程度不及人家」——同「幾年前」相比，不知道現在我們大學裡的情況是否有所改善了？但願如此。

以王賡武老先生那樣的學術涵養和洞察力，他的意見應該是客觀和專業的——在回答本文提出的問題時，我想，冷靜地保持客觀和專業的態度正是亟需的。

先說說客觀、「大的方面」：眾所周知，今天中國社會各個層面的腐敗墮落也發展到了難以收拾整治的地步。尤其是蔓延到軍隊內部的腐敗，足以動搖鬆垮整個「戰無不勝」體系的根基。又要借助於細微的例子了，我有個在國內搞媒體的朋友，前幾年，他有一次去北京的解放軍總院（總政、總後和總參等機構所在的綜合大院）找熟人辦事，他不能進去，就在大院大門外等朋友出來。他在總院外面等人時，發現了兩大「奇觀」，一是：那一帶周圍，彰顯林立著超高級超消費的禮品店、奢侈品店還有冠冕堂皇的俱樂部格式的按摩店、夜店，近水樓臺，它們所高調瞄準的消費群體不言而喻；二是：總院出口外的地面上畫有一個防止意外以策安全的明顯交通標誌，要求從院裡面出來的車輛和行人一律繞個小小的彎再進入大道。我那朋友在門口那兒等人等了半小時左右，期間，他饒有興致地觀察了不斷從院內出來的軍人和軍車，計數占多少比例會寧肯繞彎而遵守那個交通規則，老實說他原來也沒指望能達百分之五十以上，結果仍然令他大失所望：None，百分之零！全部是「橫衝直撞」，當那個交通標誌透明。他氣憤地揶揄道，TMD，對待「民規」尚且如此這般的橫，「軍紀」就不難想像了！

光是以上提到的點滴情形，讓我們可不可以客觀地下結論，現在的情況「與1894年較接近」？

其次，再說說專業：我想追溯「甲午」源頭，借題「冒犯地」評說一下鄧世昌。

鄧世昌是個民族英雄，歷朝歷代對他的追封和頌揚不必贅述。我這裡卻想指出他專業上的一些值得檢討的地方。第一件事，有資料說，甲午之年，北洋水師出海前，艦隊下達了命令，所有軍艦必須將艦上的魚雷全部放掉，因為當時的魚雷性能和準確度很差，作戰時起不了什麼作用，攜帶了反而會礙事。過程中，鄧世昌的「致遠號」上有一枚魚雷卸放不成功，可能有什麼故障，下面的人報告上來，作為管帶（艦長），他沒有下令排除故障，完成卸放作業，而是回答：「隨它去吧！」——大戰在即，軍艦就帶著「隱患」隨隊出發了。不幸，果然，後來在「致遠」開足馬力準備撞沉「吉野」的途中，敵艦的阻擋炮火就恰恰是擊中並引爆了這枚沒有被卸放的魚雷，引起「致遠」的致命自炸而迅速沉沒，「撞沉吉野」遂成了英雄的一世遺恨——在我看來十足是專業上的失誤和遺恨。另一件事，海戰一開始，北洋水師的旗艦「定遠號」發生意外，提督丁汝昌受傷，指揮陷於癱瘓。此時，鄧世昌率「致遠號」勇猛突前，並張揚升掛艦旗——有一說他想以此吸引對方的猛烈炮火，以免「定遠」再遭重創。若此說成立，鄧世昌忠勇可嘉，絕不畏戰，不過遺憾的是，如果從專業角度看待，他的做法很有值得探討的餘地。「定遠」和「鎮遠」兩艘從德國船廠定製的鐵甲艦，裝甲厚實、禁得起反覆打擊正是其特長，是否需要裝甲相對薄弱的「致遠」越俎代庖來冒險保護是個很大的疑問。事實上，在之後整個長達數小時的海戰中，「定遠」和「鎮遠」各自中了一兩百發炮彈，但都只造成一般破損，並沒有失去戰鬥力，德國品質屹立不倒，兩艦始終都是作戰的主力。而「致遠」是英國造的新型巡洋艦，它的特長是航速較快，炮的射速也較快（航速和炮速慢卻是那兩艘德國鐵甲艦的弱點，正如鐵甲艦的優點也是巡洋艦的弱點，後者的防護鐵甲薄），也就是說，它適於進攻，不適於防守。「致遠」主動懸掛艦旗「定位防守」後立即招致敵方艦隊的炮火齊射，很快就中炮歪斜，處於半沉半浮狀態，無法在後面的戰鬥中有效發揮出應有的攻擊作用，正應了那「以己之短，引敵所長」的明訓。反觀日本艦隊中那艘令「撞沉吉野」成為千古遺恨的「吉野號」，它和「致遠」屬於同一類型，仗一開打，它就向指揮旗艦請纓，讓它作為自由活動的「游擊艦」，迂回深入敵後，利用自身的速度和射擊能力，擔負穿插襲擾和分割北洋水師陣形的任務。在雙方的激戰中，它按「既定方針」辦，始終機動靈活，短平快，給日本聯合艦隊最終擊沉北洋水師五艦而自身一艦未沉（比數為5：0）創造了機會，此所以它給人特別囂張和狡猾之印象。縱橫比較，實事求是地評論，我認為，「吉野」的專業表現要優於「致遠」。當時，日本聯合艦隊和大清北洋水師的大多數高級軍官，同樣都畢業自英國的「格林威治皇家海軍學院」，源流和背景相同，結果卻差異很大，整體來看——這是中國人至今都不願也不勇於承認的，但卻是當年「甲午海戰」所揭示的事實部分的核心所在——日本海軍更好地學習和繼承了英國海軍的專業素養和操守，他們的表現更出色，他們後來在日俄戰爭中再次擊敗龐大的俄國艦隊，絕不是靠偶然的運氣，更不是單靠忠勇和拚命。

以史為鑑，從這兩件事來看，要戰勝強大的對手，自身專業標準的堅持和提高是極其重要的環節。更遑論現代戰爭，極講究智慧和章法，智慧的高下先不論，章法則在很大程度上取決、依賴於專業水準，那和英雄氣概、民族情感和求戰意志不僅是兩回事，而且是根本不在同一個意義上的兩回事。

誠然，保不準有許多「無畏族」會堅定高亢地提出反駁並強調：別淨長他人志氣，要比章法，全世界都嫌嫩，我們老祖宗不早就有了《孫子兵法》？說到海上霸業，早在大明朝，我們的鄭和就已經率領艦隊七下西洋，……

只能再一次地，無可置評。

哎，「再打一次甲午海戰，誰勝誰負？」——經歷了百年，經歷了千年，這一類問題始終會激起這個多災多難的民族骨子裡令人無可奈何也幾乎無藥可救的痛楚和煎熬！

（《新語絲》月刊2017年8月號）

注：進一步查找資料，戰後乃木希典的確萌生過為旅順戰役犧牲慘重而自殺謝罪的念頭，但明治天皇不許，並命他擔任一所軍事小學（學習院）的校長，當時天皇的兒子裕仁也在該校就讀。天皇循循善誘地開導乃木說：「你的兒子在戰爭中陣亡了，我現在就把這些孩子交給你。」

另據記載，乃木在參加甲午戰爭隨陸軍出發前，於廣島寫過一首漢詩獻給天皇：「肥馬大刀無所酬，皇恩空沿幾春秋。斗瓢傾盡醉餘夢，踏破支那四百州。」雖有殺氣，不過得承認，其人似有點學養，非李逵式的草包莽夫。

或者是屬於心性比較高級的戰爭狂。

乃木希典最後是同他妻子一起，在明治去世後，為天皇「殉死」自盡的—看來他對死亡抱有執念。其留下的遺書很有名，在其中譴責了當時日本社會出現的道德混亂現象。

陽臺上抽煙的婦女

每當我看著這張照片，總是浮想聯翩。

暮色蒼茫中，一座牆角斑駁、風貌陳舊的大房子，抬眼看去，從前格調的西式拱廊、石頭雕飾以及鐵殼風燈依然在詳盡數叨著不平凡的往日心事，門窗玻璃上的朦朧反光可能已經深達半個多世紀，建築物周圍爭相點綴的老枝新葉，不經意間散發出一種以往歲月所特有的又蓬勃又頹廢的氣息，時光交錯中，意味深長下……

二樓，鐵欄已經鏽蝕的陽臺，靠邊的位置上，站著一位頭髮棕紅（可能是染的），身穿絳紫襯衣的中年婦女（也許接近老年了），她正在邊抽煙，邊望著不遠處什麼地方，看慣了的景色與人流。或者其實她只是在抽煙——當場我看到了絲絲嫋嫋的灰白色煙霧飄過她的髮際和肩背，但是照片的鏡頭裡卻沒法重現那過於輕靈難以捉摸的煙霧——她並沒有在張望什麼，並沒有要張望什麼。要麼，或許，她的百無聊賴的雙眼，帶著猶疑嘲弄的神情，正在打量著逝去不復返的舊時代和舊情人……

照片給了我慵懶懷舊的臆想，還有些許油畫的感覺，某個退潮年代的筆觸凝重而細節感傷的油畫。

它甚至令我耳邊迴蕩起了電影《貝隆夫人》（*Evita*）中的那首著名歌曲〈阿根廷，別為我哭泣〉。影片中麥當娜

（Madonna, 1958-）也是站在一座殖民時期建造的大樓的陽臺上，悽楚委婉地向廣場上聚集的大眾陳述「傳奇一生」的心情糾葛：「我細訴心底話，大家都會驚訝。在你們眼中，是當年的舊相識，儘管錦衣繡袍，生活卻混亂不堪，情非得已，只好如此。一切無足輕重，並非意料中事。說句心底話，我從未離開大家，我愛你們，亦希望你們也愛我。……」

那是2017年晚秋，我在遊覽古巴哈瓦那的舊城區時，拍到的一個瞬間。

也可以認為那不是瞬間，不是片刻，而是幾十年的情景匆忙之間，夾雜在前後衝撞、左右搖擺的歷史進程中的一個相當含有人文意味的緩衝，一個憂鬱痛苦而不易消失的定格，值得細細審視、細細探討。

那回機遇巧合，去了剛剛「對外開放」不久的古巴，這個中美洲地理位置和歷史位置都「首當其衝」的島國，遊覽「風情萬種」的哈瓦那，在那兒遇到了幾件體現「時事和風氣變化」的事，恰好可以佐證，那「陽臺上吸煙的婦女」，並非是一個孤傲偶然的存在。

其一，當天早上，我們按照當局的有關「規定」，朝拜了市區中心的「革命博物館」，那裡正在舉辦紀念切・格瓦拉（Che Guevara, 1928-1967）的大型圖片展覽。這位聞名全球的革命家戴著貝雷帽的浪漫形象，連續風靡了幾代青年人的烏托邦。過後，導遊答應了一個團員大叔的再三請求，帶領大家去了當地的農貿市場（後來那位大叔才支吾說出，他只想找商店買一瓶礦泉水，不去市場也罷的）。不期然到了地方，眾人目瞪口呆，見識到所謂的「市場」，規模如此蕭條侷促，物資如此奇缺匱乏。毫無疑問，若為百姓的生計著想，古巴的「改革開放」迫在眉睫。

當天這兩款「短兵相接」的行程節目，對比鮮明地向「世人」宣告了一場轟轟烈烈的革命，以及無數場轟轟烈烈的革命，它們的空洞喧囂和黯然失敗。對於這一切我並不陌生，我自己的小半個人生也曾經經歷過同樣的革命洗禮和生活煎熬，我也是在「改革開放」的潮流中移民到新加坡的。

所以我知道，「陽臺上吸煙的婦女」已經不是「世人」，她是曾經滄海難為水的「世外之人」。

其二，較為瑣細的，人的故事。它從另一個側面反映了以上那種「短兵相接」的矛盾。

帶領我們觀光的古巴導遊是個熱情奔放、活力四射的小夥子，在中國北京留過學，中文說得字正腔圓，還取了個自鳴得意的中文名字：王富貴。

我們參觀「革命博物館」裡所展示的格瓦拉生前的物品和相片時，王富貴屢屢表示，他對格瓦拉很崇拜。參觀完畢回到旅遊車上，他又向我們介紹回憶，半個多世紀前，格瓦拉在人們還沉浸在古巴革命的勝利時，決定離開哈瓦那，小鬍子、貝雷帽留了一封充滿激情和留戀的告別信給大鬍子、綠軍帽（卡斯楚）。後來格瓦拉在玻利維亞被捕犧牲後，卡斯楚親自向「革命廣場」上數十上百萬群眾大聲唸出了那封信，多少人聽著，失聲痛哭，悲慟欲絕！其實，那時候王富貴還沒出生，但是他已經有了那段「記憶」。許多人都是在真假難辨的記憶中長大的，尤其是革命和英雄的記憶。

旅程中彼此混熟了，王富貴向大家透露，他除了做導遊，也兼職做中文補習教師。如今在古巴，補習中文每小時的收費，大大高過補習英文或其他文種的。有人就詢問他目前的收入，他「羞澀」告知，每月約兩千美元，而在哈瓦那，一般的「白領」和「藍領」的收入，才每月一百美元不到。王富貴真是很富貴。

不過，富貴的人不一定具有富貴的生活態度，「錢不夠用」是普遍心態。在一家售賣手工雪茄的指定商店內，我偶然看到旅客們買完貨品離開後，王富貴在和店員用西班牙語爭執什麼，爭得面紅耳赤。我猜想他們爭論的是王富貴應該得到的抽佣的份額。

遊覽快結束時，王富貴向車內旅客數次笑嘻嘻強調，他是不能收取「額外的」小費的，他把「額外」兩字說得特別響亮、特別順溜。大家交流眼神，議論紛紛地揣摩他的言下之意。旅客預先交付的團費裡，已經清楚注明，包括了給當地導遊和司機的費用。那麼，他是在暗示，還要給他另外的小費，要給多少？

時代的潮流衝擊了世界的每個角落，衝擊了每個人的心靈深處。隨著古巴社會結構的日益開放，各行各業包括頻繁接觸花花外界的旅遊業，出現了經濟規律盛行和金錢主義至上，是無可避免也無可奈何的，在中國這些現象也已經司空見慣了。王富貴心目中的格瓦拉，最終是否會演變為一個抽象無力的「貝雷帽」符號？

所以我知道，「陽臺上吸煙的婦女」是一個和王富貴相同的人，卻又是一個和王富貴不同的人。她是王富貴的「遠房」，卻又是他的「長輩」。她獨自站立，和現實若即若離。

最近，我思索了另一個相關的問題，以前的殖民地，要怎樣對待歷史事實和歷史遺產？什麼叫做「歷史虛無主義」？

那是因為我在新加坡本地偶然看到一幅貼在鄰里警察所外牆上的巨大廣告，受到啟發。廣告上的大字標語寫著：1820～2020，200 years of Policing（警務200週年）。

本地的警察部隊已經擁有二百年的資歷了——從一開始由殖民者英國人建立的十幾人的隊伍，到如今本國人掌握的幾萬人的武裝力量。也就是說，在新加坡，就歷史陳述的形式來說，殖民地時期英國人創立的警察制度是自然延續而客觀完整地受到承認和宣傳的。沒有基於意識形態的粗暴割斷，更沒有因為反叛和鬥爭的需要，而加以貶低醜化。

去年，本地還大張旗鼓地舉行了紀念和慶祝「新加坡開埠二百週年」的各項活動——不避忌諱，現今繁榮昌盛的獅城，其「發跡史」，可以追溯到萊弗士（Sir Thomas Stamford Bingley Raffles, 1781-1826）登陸，這位「遠東殖民帝國的奠基人之一」，創建了海港城市新加坡。

我們和歷史是由一些始終共同享有的價值觀聯繫在一起的，就如同「二百週年紀念辦公室」所命名的價值觀：開放、多元文化和自決。

反觀古巴那樣的國家，它們獨立後大多保留了前殖民地的一些表面化的東西，比如哈瓦那的舊城區，無非是圍繞幾個舊廣場的一大片舊建築，僅僅提供給遊客「觀賞」的。但是在激進的「革命者」的骨子和心胸裡，在健全國家制度的層面，甚至在倫理道德的高度，卻完全喪失了「繼承先輩的精神」和「尊重事實的勇氣」。

所以我知道，「陽臺上吸煙的婦女」雖然住在舊城區，心境卻「新老交替」欲說還休。從古巴回來已近三年，我覺得，她依然站在那兒在看，在觀望，但她顯然看不遠，而觀望帶來的往往是失望。

（《聯合早報》副刊「名采」2020年11月16日）

古巴哈瓦那，陽臺上抽煙的婦女

革命博物館內切・格瓦拉的展覽

金字塔的啟示

一、中美洲雨林深處的金字塔

從墨西哥尤卡坦半島（Península de Yucatán）的港灣北部，乘坐幾個小時旅遊大巴，長驅直入數百公里，一路上顛簸穿行於雜亂茂密的亞熱帶森林（常見有細長的繩橋高懸路徑上方的樹頂之間，據說那是林中生活的蜘蛛猴的攀爬通道），經過幾個古老閉塞的破敗小鎮，最後到達雨林中心地帶，一個叫做「奇琴伊察」（Chichen Itza）的小平原，那裡坐落著一處瑪雅文明遺址，1988年成為世界文化遺產，裡邊清理再現了大量精緻的雕塑，還有威嚴的神廟、開闊的球場、堅固的堡壘和神祕的祭臺、祭井等，當然，最為著名的，就是雄踞在遺址正中、號稱「世界新七大奇蹟」之一的金字塔——巍峨壯觀的羽蛇神金字塔。

羽蛇神金字塔占地約一百八十平方英尺，高七十八英尺（包括頂上神廟，總高三十多米）。它的奇特之處不在於面積和高度，而在於它的建造格局和數位運用規範，以及太陽於每年的特殊時刻在此地所形成的金字塔投影，全都反映和符合了瑪雅太陽曆的曆法。

站在這座金字塔前舉目仰望，不由感慨，古代瑪雅文明有著如此精準的曆法計算，他們的天文學和數學水準如此先進高超！也暗之驚歎，一千多年前，在缺乏機械裝置和起重運輸設備的情況下，瑪雅人又是如何「齊心協力」完成了這座設計複雜、構思精巧的曠世巨作？

但是，成就和殺戮，以及功德和罪過，竟是可以同時並存的——繼續走走看看，等到參觀完羽蛇神金字塔周圍的整座遺址，卻覺得內心無比的壓抑和痛徹。

我們一生中會有多少次這樣的壓抑和痛徹！

高高的神臺，左右兩側裝飾美洲豹和老鷹的浮雕（瑪雅人認為牠們是日夜之神），導遊告訴我們，瑪雅時期放在臺上祭獻給日夜之神的，是取自活人的心臟！

旁邊又一座石頭祭祀臺，它的周邊雕刻了許許多多的頭部形象，似隱約可辨陳年的血跡斑斑，問導遊，答：「是呀，當時當地，長年累月，臺上祭奉了無數人的頭蓋骨！」

一抬頭，偶然看到附近城堡的角落，停留著一隻烏鴉，肥美黑亮，姿態梟凶，心裡不禁嘀咕，媽呀，這裡古往今來的鳥類，是否統統繼承了貪吃人肉碎的悠久血統？

再來到正規的古代球場，兩旁幾米高的觀眾位「首席」座下，分別對稱地在磚壁上砌牢伸出一臉盆大小的石頭圓環，正納悶它是幹什麼用的，導遊冷靜的聲音又傳了過來：「古時比賽用的『球』，就是砍下的人頭嘛，哪一方先把爭搶到手的『球』拋扔得法，穿過了己方這邊的石頭圓環，哪一方就得勝！」

末了臨場俯視「獻祭之井」（Cenote of Sacrifice），多年前曾從這口井裡打撈出很多人體遺骸，瑪雅文獻記載，古時會使用活人溺斃獻祭，特別是在大旱的時候。

說真的，步履沉重地駐足徘徊，我的思維理性已經完全無法認定人類文明和人類野蠻之分界線或是底線，甚至也無法完整地認定人類本身。

人殘忍，還是神更殘忍？

彷彿聽到振聾發聵的久遠呼喊：從天而降的羽蛇神啊，你是真切地眷顧和呵護人性，還是肆意地罔顧和糟踐人命！

遺址中的多座建築物的地基和牆面，留有大火劇烈焚燒後的焦黑痕跡——考古發現證實了傳說：奇琴伊察後來衰落和毀壞的原因，是大規模的奴隸起義和血腥的連年內戰。

這大起大落的悲劇，有著根深柢固的「自導自演」成份，引爆的火種早就埋下了。

二、東南亞內陸腹地的金字塔

我之前不知道，也沒有想到，柬埔寨內地的荒草叢中，居然隱藏著一座規模相當、卻被遺棄了一千多年的金字塔。

貢開（Koh Ker）位於暹粒（Siem Reap）東北約一百公里，地處偏僻，人口稀少。貢開最為著名的古代「廟宇」，是一座金字塔形狀的高臺，它的造型特殊，有別於其他所有吳哥建築的寺廟。它無疑是無數吳哥遺址中，最為出格，也最為神祕的建築。

我們是包了酒店的旅遊車從暹粒前往貢開遺址的，由於當地過於荒涼，到處塵土蔽日，路口也沒有指示牌，司機迷了路，兜了老半天，差點找不到目的地。

西元9世紀至14世紀，為吳哥王朝的鼎盛時期，國力強悍，文化發達，創造了舉世聞名的吳哥文明。那期間的10世紀時，貢開是吳哥王國的首都。

不過貢開作為首都的時間並不長，據歷史記載，某個取得了王位的國君（一說他是「篡位」），不知出於什麼考量，決定放棄之前歷朝歷代長期建設、已經具備了規模氣象的吳哥城，而在貢開建設新的都城。結果花費了巨大財力，徵集千萬勞工，大興土木，短時間「憑空」打造了一個通常需要數十年才能建成的繁華首府。也不知出於什麼考量，首府地域內還「別出心裁」地建造了一座金字塔。

可是，後來新的國王繼位，又決定將都城遷回吳哥，貢開就被「名正言順」地遺棄了，而且奇怪的是，遺棄得非常堅決澈底，很快從爛尾到一筆勾銷，好像它從來沒有存在過。直到一千多年後才被法國人在荒野叢林中發現，包括那座有點瑪雅風格的金字塔。

那天我們遊覽貢開，興致並不高，整座遺址其實就是密林中的一大片倒塌埋沒的廢墟。還好有座金字塔，支撐好奇的念想。

這座普拉薩頌（Prasat Thnom）金字塔高度約四十米，底座四邊寬度五十五米。它由巨石堆砌而成，高聳在一塊廣大的草地之上。

一步步登上幾百級臺階，站立普拉薩頌金字塔的頂端，極目遠眺，烈日映照下，除了綠樹芳草就剩紅土褐石，一幅完全沒有被開墾過的原始景象。那一刻的心情，蕭索迷茫。

這始亂終棄的喜劇，也體現了勞民傷財的「自導自演」成分，荒廢的陰影早就籠罩了。

三、文明的脆弱和衰敗

東西方兩座金字塔，年代接近，形態相似，命運互通，精神共用：它們不約而同地向我們彰顯了鮮明尖銳的啟示，關於文明，關於生存。

它們是古代城邦文明巔峰時期的宏偉作品，但也是那些文明開始由輝煌而自行走向敗亡的突出象徵。

沒有比它們更直觀、更辯證的「形式邏輯」了。

正如湯因比（Arnold J. Toynbee, 1889-1975）在《歷史研究》中所精闢總結的：「偉大的文明不是被外人滅絕的，是它們自己結束了生命。」

這樣的教訓和警醒，對於現代文明，也是適用的，尤其適用的。

（《聯合早報》副刊「名采」2021年4月26日）

奇琴伊察羽蛇神金字塔

貢開普拉薩頌金字塔

瑪雅獻祭之井

瑪雅祭祀臺周邊雕刻的頭顱像

信仰的力量

近日閉門居家，偶爾讀到一首詩：「彼得堡街上的人像魚，像魚一樣來往在昏暗的燈光下。這裡不也是嗎？在這個城市裡，我們就像無數直立的魚一樣，在抽乾了水的溝裡走來走去——可沒有彼得堡人那樣懂得痛苦啊！」

「彼得堡」三個字，陡然讓我憶起那年秋天暢遊俄羅斯的情景。

伏爾加河（Volga River）是俄羅斯民族生命的搖籃。如果沿伏爾加河流域做一次精神探險，你會發現，大河上下偉岸遠近，林莽內外天地深淺——神性的光芒始終照耀著這片遼闊寂寒的土地，也始終照耀著那些黑暗殘酷的歲月。

最普通、最底層、最邊緣的人，沐浴光芒，得以堅守保持了人性的極限底蘊和基準價值，由此，「俄羅斯的良心」一說也就呼之欲出了。

「人」之所以沒有被拋棄，因為「人」自身並沒有背棄最初最真最強的信念！

今時今日疫情反覆，我們面對前所未有的困難局限，想來這一點尤為重要，尤為寶貴。

一、暮光之下的和諧絢麗

黃昏時分，遊船從莫斯科河轉入伏爾加河上游，那一帶不見水鳥和捕魚人，兩岸都是荒僻的郊野，樹影重重，草色靄靄。

突然眼前一亮，迎面而來的河岸邊，出現了一座結構精美的鄉村教堂，紅磚白牆，黑瓦金頂，暮光之下，一派和諧絢麗！

靜默的展現，純粹的讚美。

想起了一首俄羅斯田野詩：「我這田裡生田裡長的人啊，在故鄉的土地上不是陌生人。要按照對麵包的情意，選擇我旅途的伴侶。」

永生永世的旅途，一心一意的伴侶。

船上結識一對來自美國的老夫妻遊客，約翰和瑪麗。瑪麗每天黃昏繞著船沿跑步。那天她跑到這一側，看到岸邊那座漂亮教堂，不覺站停驚呼：「My God!... I' m finished.」

後一句是雙關語，可理解成，今天我跑步到此結束，也可理解成，此刻我欲仙欲死。

我輕聲問：「Sure?」她朝我笑笑，沒有回答。

二、浮在水面上的信仰堡壘

蘇聯時代，人定勝天改造了一大片江河湖海：莫斯科運河—伏爾加河—雷賓斯科（Rybinsk）水庫—白湖（White Lake）—拉多加湖（Lake Ladoga）—涅瓦河（Neva River），整個廣袤浩大的水域，體現人工傑作。

雷賓斯克水庫當時號稱是世界最大水庫，它啟用時，近七百座村莊被淹沒，約十五萬居民被疏散遷離祖居之地。更令人痛惜的是，地處低窪的莫洛加（Mologa）古城也難逃厄運。

莫洛加古城的歷史可以追溯到12世紀，曾經是波羅的海和亞洲之間的主要貿易站。

經過古城原址時，船速放慢，我們默默注視，水面靠岸一側，森森浮現的古城教堂的破敗遺跡。

那會兒，直至現在，我心底裡一直把它叫做「浮在水面上的信仰堡壘」。

要經過多少個世紀，被抹去的古老教義將會獲得憤世嫉俗的重生？要經過多少個世紀，被蠱惑的愚昧人心再要經受刻骨銘心的洗禮？

「人定勝人」遠比「人定勝天」至關緊要。

被淹沒的莫洛加古城的教堂遺跡

但願心頭的「大水」終究消退，命中註定，仰仗的是那殘存不倒的一磚一柱。

那晚參加伏特加酒講座，我喝完了自己的和許多別人的樣酒，過後滿臉通紅來到船首，望著漆黑一團的雷賓斯克水庫，心頭堵塞。忽聽身旁有人問：「Are you drunk?」是約翰，我搖頭：「I just want to cry.」他歎了口氣，溫和地拍拍我的肩膀：「Son.」走開了。

三、印在錢鈔正面的建築

雅羅斯拉夫爾（Yaroslavl）位於伏爾加河中下游，被評定為世界文化遺產。它是俄羅斯最古老的城市之一，建於11至17世紀，2010年慶祝建市千年。

著名的白色尖頂鐘塔聳立在市中心聖母教堂前的草地上，說它著名，一是它同這座城市一樣歷久彌新，二是它被印在新版一千盧布鈔票的正面。

一千盧布舊版中好像有一款印過列寧的頭像。新版盧布的發行應該是蘇聯解體

雅羅斯拉夫爾的白色鐘塔

後的事，舊貌換新顏，具有「改邪歸正」的標誌意涵。

再者，錢財上的豪富，也正揭示了某種人生人道「一貧如洗」的嚴峻可能。

許多遊客在跟鐘塔合影，吵吵鬧鬧。我問約翰和瑪麗，要不要我給他們也在此照一張？

瑪麗聳聳肩，約翰則用一種幾乎是仁慈的眼神盯著我。難道我需要懺悔？

我腦子裡閃現許多詰問：婚姻的神聖，宗教的神聖，人的形象的神聖。

四、遠離塵囂的世外之地

基里洛夫（Kirillov）修道院在白湖附近，建於1397年，15世紀起成為北部經濟和基督教文化中心。

修道院現在改建成了博物館，在院內還是可見個別修行的聖者。

它的建築群氣勢宏偉，高聳著長達數公里的圍牆，牆內有寬闊平整的廣場、蔥鬱粗壯的樹木和規範結實的樓房，整個環境清淨靜謐，給人一份深邃的安寧和沁潤。

茨維塔耶娃（Marina Ivanovna Tsvetayeva, 1892-1941）的詩句，引用在這兒很貼切：「我樂意生活得毫無瑕疵，簡單明快。像一部日曆，一柄鐘擺，一個太陽。世俗的隱逸者，行為得當，明智如同每一件上帝的創造物。」

拐出修道院後門張望，那兒是雜草叢生的狹窄河灘，面臨白湖的一小片渾濁的水灣。

站立河灘，從外面打量長長的圍牆，它顯得格外的年久失修、老態龍鍾。

竟然看到那對老夫妻擁握攙扶著，在河灘散步，漸行漸遠，似乎到了荒蕪的盡頭。

但我知道，那些受到眷顧的，無論是美國人，還是俄羅斯人，都不會迷失。

基里洛夫修道院內景

五、信仰和品格的見證

阿斯塔菲耶夫（Viktor Astafyev, 1924-2001）的《魚王》中有一段話，是俄羅斯人民信仰和品格的見證：「我們俄羅斯人，全都到老脫不了孩子氣，老是盼望節日禮品、奇蹟，或者什麼非同尋常、暖人肺腑，使我們這顆貌似粗魯而實則毫無防範的心，能夠留下一些深刻印象的事情；我們這顆赤子之心時常想方設法要在這經歷疲憊、受盡折磨、日益衰老的軀體裡完整無缺地保存下去。」

布羅茨基（Joseph Brodsky, 1940-1996）一貫簡潔透徹：「假使宇宙的設計起初就是惡的，那麼世界就不會存在。」

他又指出：「人的崇高是一種絕對的而不是零碎的概念。」

多年前那趟俄羅斯之旅使我深切領會了偉大作家所闡述的哲理，如今回味，思緒翩躚，彷彿感到，蕭瑟浩茫的北國朔風，強勁刮過我的方寸空間。

卻倍加感恩，幸運如我，生活在一個溫暖安逸，各種信仰和睦共存的國度——值此艱難時刻，人和人相互勉勵，提攜幫助，既認識自己的脆弱，也維護自己的強大。

（《聯合早報》副刊「名采」2021年7月9日）

人像分析：人是風景人是畫

全球各地的疫情還無法清晰地預見尾聲，國與國之間、甚至有些國家的省城之間的來往邊境中短期內還不能完全開放，廣泛實行的「閉關鎖國」持續之際，許多嚮往自由、嚮往旅行、嚮往交流的人們難免會悶悶不樂、鬱鬱寡歡。人類最大的災難是，人的心靈被「清零」。

人同此心，好長一段時間，我幽居室內，不得要領。坐在書桌前，回憶以前去過的好些地方的景點景象，恍如隔世；把那些曾經拍攝下來的照片留影，逐一從電腦裡翻揀出來，過目審視，默默玩味……。翻著看著，一個「老套平凡」的心得躍然腦際：此時此刻，長久彌久，最吸引我眼球的，其實是各種各樣靜悄悄活生生的人物——不管他們屬於這個星球上的什麼地域、什麼種族、什麼階層，也不管他們處於什麼環境、什麼姿態、什麼角度……

人，才是最佳風景、最佳畫面！

靜下心來，用心仔細看別人，也能把自己看穿。

一、老年人是個謎

我印象最深的是，莫斯科紅場，列寧陵墓的對面，「古姆商廈」內，咖啡座裡一位聚精會神讀報的老人。

我不懂俄文，只能猜想老人讀的是社會新聞或者插頁廣告之類。那心無旁鶩的神情，市井知識分子的智性氣韻，讓我為之折服。

記得一位蘇聯時期的俄羅斯詩人描寫過類似的視覺框架和效應：「這裡彷彿是在什麼課堂上，鴉雀無聲，分外寂靜，一片緘默的和睦氣氛，人們凝神聚思，一個心意。這種詩意的滿懷回聲的情形，它的莊嚴，它的敏銳，使我們感到珍貴。」

我當時當地感慨，她是一幅畫，而她讀的是一首詩。

且慢，她？這也是這幅「畫」的有趣之處。第一眼看去，那是個老太太。可是端詳分辨照片裡頭臉的鬚髮鬢角，那又好像是個老頭。再瞧衣服、圍巾和帽子，乃至眼鏡的式樣與材質，還有桌上隨手扔著的口香糖以及座位上放置的粉紅織物，尤其是帶著戒指拿住報紙邊沿的右手，這些無不充滿著女性提示。

細想，人活到一定的份上，是否就應該變成中性，變成某種程度的性別參雜？

莫斯科紅場商廈，讀報老人

紐約市政廳空地，玩耍小童

二、天真無邪的精靈仙子

紐約曼哈頓，市政廳旁的空地，小男孩蹲著，專心致志擺弄手上的東西，不是玩具，不是電子產品，而是唾手可得的質樸心儀的物料。

閱讀過一本臺灣女作家的長篇小說，女主人公感歎：「在紐約，隔一條街，便是另一個世界。」

是的，小男孩玩耍的場地，附近周圍就有布魯克林大橋、華爾街證交所和唐人街集市等喧囂熱鬧的所在，再遠一點，更有911事件的「歸零地」，而他對那些「身外事物」可以暫且耳根清淨，不聞不問，那是多麼至高無上的享受和幸福。但是，旁觀者也知道，孩童不可能永遠沉浸在與世無爭的初心裡。

背景中鮮紅招搖的「雕塑」以及像軍人般排列整齊的大型綠色盆栽，與那份孤獨的童真童趣隔著恰到好處的距離，對面不識，相安無事。充滿理想展望，人間未來的資訊和走向，制衡濃縮在這樣一幅地老天荒單純寧靜的畫面中。

三、我像一條體膚烏亮的魚

新加坡的東南亞鄰國，柬埔寨洞里薩湖（Tonle Sap Lake），河流支道的岸邊，年輕的漁民正解開纜繩，開動木船準備下水。

那身黝黑緊繃的皮膚特別引人注目。「那是長年累月日光曝曬的結果，也是與生俱來的遺傳，……」當地導遊悄悄補充說，「還有長期水質汙染侵蝕的關係。」聽了這番話，遊客的內心感官也立即生出一陣黑色的悲戚和沉默。

人和船、人和水、人和生存等等，已經融為一體。

小夥子堅定有力地回眸一瞪，直視艱苦歲月，無懼生活磨難。我作為新加坡人，覺得那瞪視甚至帶有「地緣邊際」的深切感受——鄰國艱辛操勞的「低端」民眾，那樣機警寡淡地看

柬埔寨洞里薩湖，年輕漁民

著「高端」的我們，這些富足寬閒而安居樂業的城市國家的來者，近似在嚴肅無聲地發問發難。

體格機能，他們勝過我們很多。精神人道呢，我們同他們平等嗎，哪怕是粗淺含糊的平等？

四、藝術是一種光照

里斯本街頭，烈日當空的正午，面容清秀舉止儒雅的表演者，暫時休憩在牆角的虛實陰影裡。

色彩的鮮明傾訴和形象的含蓄表達，構成冷靜對比和溫暖氛圍。對於我的凝視和凝想來說，空間和時間先是停頓了一秒鐘，接著又延長了無數秒鐘——歐洲文藝核心價值的隨意展示，個人追求自由的靈性本質，只能在一剎那間去閃爍意會，卻難以投機取巧地品頭論足。

里斯本，街頭表演者

街道對面是一座售票參觀的教堂遺址，它的整個輝煌結構建造於14世紀，1755年的大地震中遭到全面毀壞。我進入宗教聖地瞻仰，平心靜氣，虛懷若谷，而又深情知道，廢墟的大門外，百步之內，卻坐著一位堅韌的聖者，他那陽光普照下的輕吟歌唱，表達了跨越人與人之間沉重障礙的美好願望。

藝術的不朽才是人的不朽。

五、今夜無人入眠

波羅的海小國，拉脫維亞的首都，里加。古城街道，寒冷的夜晚，一位頭戴絨帽、身穿冬衣、腳蹬靴子的中年婦女，獨自坐在某座商店燈光明亮的櫥窗旁，若有所思地滑著手機，她的心頭似乎也滑過朦朧的念想，乃或一陣輕微的睡意？

我竟產生幻覺，好像聽見她身旁「Made in Italy」精緻的櫥窗內響起另一部手機的回應鈴聲，還有絮絮叨叨的男女對答。說不定不是幻覺呢，情侶之間的浪漫和愛戀才是「義大利製造」的想像精髓。

近年曾經讀過瑞典犯罪推理小說之父亨寧·曼凱爾（Henning Mankell, 1948-2015）寫的那部著名的偵探故事《里加的狗》，主角瓦蘭德警長歷經艱險，逢凶化吉，最終在里加這座海岸城市找到了自己心愛的女人。眼前不就是嘛，我以為，這位半明半暗中靜坐的賢慧婦女，就是在等待鐵漢柔腸的警長下班下崗，開車或走路，前來接她，同去某個酒吧，或是同去另個遙遠的海岸城市，也許再不回頭。

今夜無人入眠（Nessun Dorma）。

《圖蘭朵》的歌劇詠歎調在我心頭斷斷續續迴響：「焦急地觀望，那因愛情和希望而閃爍的星光！但祕密藏在我心裡……。」

六、愈是年邁，我就愈遵奉上帝的旨意

冬季的奧地利，多瑙河邊的梅爾克（Melk）修道院，穿呢子大衣帶呢子鴨舌帽的修士，從容不迫地走過地面乾淨如洗的庭院。他心裡肯定想著什麼，但他心裡肯定不負擔什麼。

我不由得想起普魯斯特（Marcel Proust, 1871-1922）在《追憶似水年華》中描繪帕多瓦（Padova）寺院裡的僧侶的字句：「一個人的靈魂往往不參與通過自己才得以表現的美德。……面對著人類的苦難，他們的臉上並無絲毫憐憫、同情的表示，也不怕去觸及人們的痛處，那是一張張沒有柔情、令人生畏的臉，因真正的善良而變得格外崇高。」（李恆基譯）

看著那樣的體態和步伐，你會豁然領悟和明白，人所追隨的，無非是自我的一生。區別可能只在於，有沒有意識的覺醒，有沒有信仰的救贖。

七、與水共舞的間歇

那一刻全世界都歇了下來。

德國萊茵河畔的科布倫茲（Koblenz），十幾萬人口的觀光城市，商業區小廣場上，偶然出現一個停格的「表演者」：黑髮短扮的她埋首彎腰，立在水邊喘口氣。剛剛，輕柔曼妙的姑

里加，夜晚櫥窗旁靜坐的婦女

奧地利梅爾修道院，緩走的修士

娘和晶瑩剔透的噴泉，配合暢舞得有點瘋了，有點累了，有點囧了。

她隨著噴泉的造型和節奏在原地旋轉起舞的時候，我正從近處的河岸走來，沒來得及搶拍，也不好意思抓拍，等到將要按下鏡頭快門，噴泉突然停了下來，姑娘也順勢歇住了。

停格。我聽到周邊的房屋門牆和腳手架、店鋪櫥窗和露天卡座等，都在向她鼓掌致意；我也看見氣場氛圍的起伏動靜：出色的天氣和紛飛的水氣、靜止的人氣和收斂的靈氣，匯合成一股無邊無際又多姿多彩的歡喜風情。

八、讓我一個人偷閒坐一會兒

自行車的紅色坐墊，車斗裡的黃色包袋，牆頭的芳草綠葉，……「紅黃綠」的背景色彩襯托了他的灰藍衣衫和花白鬚髮，唔，還有那雙說不上顏色的塑膠拖鞋——樸素和單調無關乎形象，而是關乎宿命。

那是去中國內地，流覽桂林灕江，遊船上拍到，岸邊一個優哉游哉的垂釣者。

他手握釣竿耐心等待，但是卻並沒有專注於魚竿沉入的水面，反倒是別轉頭，看向顯然是很遠的什麼地方，很難猜測他是盯著過往還是望著未來。

幾分坦蕩，幾分平庸，幾分瀟灑，幾分世故。

他的生存潛臺詞大概是：給我運氣吧，我想要釣起……釣起沉重的夢想。

科布倫茲，噴水池旁的姑娘

桂林漓江，悠閒的釣客

九、雙人像，濃情蜜意的背影

斯里蘭卡西南端的海濱城市加勒（Galle），浮雲蔽日，面向印度洋的堤壩上，一對情侶依偎著坐在一頂淺色陽傘下。

2004年的南亞大海嘯無情地衝擊了這條海岸線，海水侵入內陸達兩公里，四萬人罹難，幾十萬人淪為難民。這張照片是2017年拍攝的，那次我們從科倫坡（Colombo）坐車去加勒，沿途仍然不時可以看到十多年前的那場巨大災難所留下的破壞景象和片片廢墟。

那對戀愛之人所忠實面對的，就是當年的大海嘯襲來的方向。自然歷史，天災人禍，風雲變幻，大浪淘沙——內心僅存的幾朵浪花，無聲無息，卻具備了永恆的不可戰勝的力量。

望著他和她的背影，我為人的堅毅和生命的衝動而感動

加勒，印度洋岸邊的情侶

莫名。

獻上應景的祝福：願有情人終成眷屬。

十、群像，青春無悔

挪威的奧斯陸，幾個奇葩少女並排俯臥，身子朝前，趴在鬧市區某座大型建築物的進門階梯上。迎面走來的路人，笑著繞道而行，可能是見怪不怪了。

我覺得，這種狀態好像是處在無拘無束的「歡快」和肆無忌憚的「放縱」之間，很為美妙，尤其還帶有那麼一點點挑釁現成秩序的意味。

用那樣的方式來展現人的自信、社會的自信，其內涵、其境界，當然誠然，遠勝過「萬人團體操」。

疫情緩解後，我還想去北歐的城鎮看看。

奧斯陸，奇葩少女

這些東西南北不同時期各異其趣的人像／人格，精彩紛呈，爭奇鬥豔；仔細推敲，卻又表裡合一，殊途同歸，暗含了強調了人類面貌的最大公約數和人性一致的基本方面——樂觀堅強、聰敏謙卑、自主自愛，滿腔情感而又不動聲色，有所牽掛而又超然物外……

如同《安妮日記》裡邊寫道的：「我們都為追求幸福而生活；我們千差萬別，卻又並無兩樣。」

心理學大師佛洛伊德（Sigmund Freud, 1856-1939）在他那本書信體旅行記《心向南方》裡敘述評論：「臉面就是種姓、家族和氣質，只有最後一點是有趣的……。」他進一步精闢指出：「愈是得到昇華，這些臉孔的區別就愈小。」

這些說法概括和啟發了無數的人像／人格背後的統一故事。

千變萬化，不離宗旨——在理性昇華的意義上，這些人像／人格所代表的最廣泛人類，是一個「命運共同體」。我相信，它也是上蒼眼底裡濃縮版抽象版的風景和畫面。

我們最終能否克服疫情籠罩下的艱難險阻，走向新常態，回歸生活本身，這是個問題。

但願上蒼通達博愛，激勵和統領那樣偉大的人像／人格，爭取給出一個理想和完滿的答案！

（《議報》2022年1月21日）

夔門依舊雄偉，女神更加飄逸

自從三峽大壩建成後，整個長江上下游的景觀和環境就發生了天翻地覆的變化。如今，每年9月到10月間，是三峽水庫的蓄水期，期間的最高水位可達一百六十米以上，滔滔江面十分地遼闊壯觀，濟濟人心也格外地高昂激蕩。

但是另一方面，也產生令人擔憂的疑問。粗略算一算，這麼個接近二百米的平均水深，乘以這麼大一片長江上游的水面面積，得出的結果，無疑是一個天文數字的立方體積，可謂空前絕後——這就好比是整個國家民族施展了「人定勝天」的巨大工程力量，向天造地設的大自然預支或租借了一筆浩瀚無比的水文地理帳目，用以謀得人們自身的各種方便和利益。問題是，這筆帳目可以風險平衡、可以永久拖欠嗎？

在大壩建成以前的1997年9月，我曾經坐遊輪從長江下游的宜昌溯流而上到達重慶，那時的想法是，趕在上游三峽周圍的這片區域被洪水淹沒之前，最後一次領略江河山川那獨特的險峻風光和挺拔地貌，在頭腦裡留下不容磨滅的印象；而2016年9月，時隔整整九年，我又「舊地重遊」，不過這次是反過來，乘坐大型遊輪由上游的重慶順流而下，穿過三峽到達宜昌。這一回的順水之行像是探索「人工深度」，別有一番充溢漶漫的體驗。

現在，2021年9月，又過去了五年，我從回憶中選取當時沿途的兩個景點，概而述之。

遊輪從上游順長江水道駛下，預進三峽，迎面而來的第一道「天險」就是聞名天下的夔門。我們上岸遊覽「白帝城」時，從山頭遙看不遠處的夔門，有一種既沉重又開朗的感覺，風雨飄搖，江山依傍。

2001年發行的第五套十元人民幣的背面圖案，就是長江三峽的瞿塘峽夔門。仔細斟酌，那可能是一張從更高處「航拍」的照片，山川氣勢與我們實地看到的有所不同。

自從建造了三峽大壩後，滾滾激流被攔腰阻截，相當於下游有了一道無比巨大的安全閥門，因此，夔門／瞿塘峽一帶的水流不再像從前那麼洶湧湍急了，江面也變得開闊平坦。坐船航行至此，也就少了一分「激流勇進、征服險途」的意境和樂趣。

誠然，夔門終究還是夔門，看上去依舊雄壯魁偉，只不過其拔地而起鎮壓凶險的豪邁氣度就硬是差了一些。再者，這兒附近的蓄水容積超大，流量受到嚴格的約束控制，江水總體上流動平緩，船過瞿塘峽，航速中規中矩，竟有點優游自在的意味。特別是，左右群峰慢鏡頭來往迎送，缺少了激發視覺爆炸和感官衝擊的意外效應，人們只能在頭腦和書本中重溫老早的老早那「兩岸猿聲啼不住，輕舟已過萬重山」的疾速快暢、風起雲湧的場面。就如同，被節制了的山脈水流和新時代的大眾群體一樣，從容不迫地走入慢生慢活的狀態。

夔門的山壁上，存留有幾段古代棧道的遺跡。記得我第一次逆流而上經過這裡時，這些遺跡是在半山腰上，需要使勁抬頭仰望才能辨別。而此次順流而下，遊輪緩慢轉過夔門的正面，進入峽谷，乘客很容易就可看到這些遺跡，它們的位置和人們的視線幾乎平行。這反映了另一種意義上的「天塹變通途」。

或者是另一種意義上的「明修棧道，暗渡陳倉」？

遊輪晃悠晃悠，駛過了瞿塘峽，進入巫峽。

立刻又想起兩句古詩：「即從巴峽穿巫峽，便下襄陽向洛陽。」憶往昔，俱遠矣。

巫峽最著名的景點無疑就是被稱作巫山十二峰之最的神女峰了。

相傳巫山神女瑤姬居於此處，是為亙遠的「世外高地」。雖然如今水位漲滿，使得神女峰離江面的高度落差比之從前已大為縮小，孤傲的神女就少了「遙不可及」的身影態勢，但從船欄邊望向山崖絕頂，敬仰加上想像，我們還是感到她的風采依然，絕然超然，「高高在上」、亭亭玉立、若隱若現。

神女望天涯，凡人望神女，兩望雙思，各自迷茫。

人心中多少的尋尋覓覓和翹首以待，是一種美好的空想，是一種淒切的昇華。

神女峰畢竟像世間所有的美景良辰，在現實風貌中轉瞬即逝，而我們也只有在寂寞寥落的心目中試圖停留住江山月華的永恆魅力。

看完神女峰，從甲板回到遊輪船艙，喝一杯遊輪上提供的蒙頂綠茶，氣韻怡然。

不由想到艱巨的三峽大壩工程完成前後，千里長江及其周圍地區所發生的巨變，以及相應的人事遷移，喟歎唏噓，難以評說。

一切已經成為「既成事實」，似乎正應驗了「偉大領袖」當年暢遊長江時激情揮灑的詩句：「神女應無恙，當驚世界殊。」

福兮禍兮，當由歷史和時間去褒貶評價。

（《赤道風》2022年12月第110期）

非 樂 評

第二部分

第三輯　古典插座

一、古典音樂古典因緣

第一次和古典音樂結緣是十八九歲時，七十年代末，中國文化大革命剛剛結束。

我們在上海住老式的弄堂房子，牆壁材料是窄木板和泥灰，隔音效果差，聲音易串門。那天傍晚，我靠枕看書，板縫間忽傳來響亮音樂，隔壁那位趕時髦的青年工人正炫耀他錄音機卡帶內的樂曲，那完全不同於我們從小聽慣的革命歌曲或紅色樣板戲，我的五臟六腑立刻屏息，渾身細胞都被鎮住。

那段「最初的」旋律刻在腦子裡，始終記憶猶新。後來知道，那是羅馬尼亞作曲家伊凡諾維奇（Iosif Ivanovici, 1845-1902）的《多瑙河之波》圓舞曲。

再後來還知道，奧地利作曲家約翰・斯特勞斯（Johann Baptist Strauss I, 1804-1849）的《藍色多瑙河》更有名。

一直好奇為何稱多瑙河為「藍色」？前幾年參加本地旅行社沿多瑙河遊船之旅，某天清晨在奧地利境內梅爾修道院附近的河面上，靜觀萬物深鎖，淒冷幽藍，頓時有所領悟——對景色更是對音樂的雙重領悟。

過後行程尾聲，在布達佩斯一家餐館用餐，樂師表演小提琴、中提琴二重奏，拉的正是伊凡諾維奇的《多瑙河之波》，霎時少年記憶浮上心頭，熱淚盈眶。那頓餐館供應的豬肉排又硬又冷，每個人幾乎原封不動，唯我吃得津津有味，古典音樂能夠「加熱軟化」世上的任何頑固塊壘。

從頭想來，懵懂初開的古典因緣，給予我這輩子持續不懈的念力。善哉。

古典往事令人哂然。在上海讀大學，有次在大食堂吃飯，廣播裡播放莫札特《G大調弦樂小夜曲》，便抬頭凝神，旁邊一位同學訕訕問我：「看你的認真勁，那音樂講啥？」我沒理他，並非因為他問得沒道理，而是因為幾分鐘前，廣播裡宣佈中越戰爭的新聞：「我軍攻克諒山！」大食堂裡全體熱血青年齊聲歡呼，那場面和接著播放的莫札特小夜曲太不協調，我一時難以適應。那同學見我故作清高，就朝坐著的我的肛門部位比了個狠毒的手勢：「哼，我讓你三天拉不出屎！」這下我反應過來了：「你試試，我讓你三天的屎一起出來！」——瞧，成長歲月中，古典音樂有時候竟然無妄地充當了戰爭暴力和語言暴力的反襯。

等我們成熟了，對什麼是「古典音樂」應有一個內心的界定。希特勒曾專程拜訪瓦格納（Richard Wagner, 1813-1883）家族的家鄉，並回憶：「當我第一次站在瓦格納墓前，敬慕之情油然而生。」人們對此持負面評價，因為納粹濫用了古典音樂。而前蘇聯大提琴家羅斯特波羅維奇（Mstislav L. Rostropovich, 1927-2007）於柏林牆倒塌當晚在那裡開辦即興演奏會，以後又在莫斯科支持葉利欽，作為示威者在克格勃總部外的廣場舉辦聲援音樂會，人們則對他讚譽有加，認為支持了正義——然而，羅氏的舉動，難道不也是對古典音樂的一種濫用嗎？

（《聯合早報》副刊「四方八面」2017年3月17日）

二、聽舒曼令人心碎

每年元旦的早晨，我都要聽一聽舒曼（Robert Schumann, 1810-1856）的第一交響曲《春天》：第一聲小號響徹雲霄！春天來了！新的一年開始了！

說來奇怪，生性柔弱的舒曼居然能夠讓剛強的小號在他的音樂中出盡風頭，他的第三交響曲《萊茵》，第一樂章當中，小號吹奏的主題也非常引人入勝。似乎，舒曼需要用小號這類銅管樂器來進行激昂的精神吶喊！

有「吶喊」，就肯定伴有「彷徨」——聽舒曼，總覺得他的音樂裡湧流著許多彷徨不安的成分。是的，不安，深深的、深深的不安。《春天》的第一樂章，那聲挺拔嘹亮的小號過後，音樂就一路「風吹草動」，陷入了照我看來是繁複不安、喋喋不休的情緒動盪。舒曼描寫春天意境或者田園故事絕不像貝多芬的第六交響曲《田園》那樣連續悠揚而一氣呵成，反之，他更熱衷於用許多小片段的、奔跑跳躍的、「興奮點」時時忽閃轉換的旋律與和聲來錯落疊加循環往復，從而構成一幅層次豐富的「印象」圖案。圖案固然優美，但令我關注和著迷的，卻仍然是其中所體現的生生不息的敏感和不安——即使對於春天，對於美景，對於歡快，乃至對於生命本身，舒曼都始終抱著小心翼翼、顧盼四望甚至驚惶失措的態度，……這已經帶有一種古典哲學的探究意味。在他唯一的那部鋼琴協奏曲裡（仍然是在第一樂章中比較突出），也能聽到這種類似的來自藝術家內心深處的小動物般痛苦而幾近破碎的聲音，時起時伏，時隱時現，有時候傾心地聽著聽著會情不自禁地流下眼淚，為這樣高貴而脆弱的心靈，為歷史上那許許多多因高貴脆弱而失去安全感並容易遭受打擊摧殘的心靈！

這樣的不安不禁是心理上的，甚而也是生理上的——舒曼人生的最後階段為神經錯亂所苦，死在了療養病院裡。我們其實不必為這位偉大的作曲家惋惜，這就是他的生命和宿命！

某種意義上，這也是我們每個人的宿命——現代的人們，每年元旦回顧一年來世界各地的風雲變幻，展望新的一年的危機四伏，內心勢必也有愈來愈強烈的理由躁動不安。

因為如此，我個人以為，舒曼的音樂比他的同胞作曲家貝多芬和勃拉姆斯的更有氣質、更細膩，往往更打動人心。德國人認為，古典音樂是他們發明的——就算是吧，可是，如若德國作曲家有了貝多芬和勃拉姆斯等，而缺少了舒曼，那麼他們所「發明」的古典音樂將是非常不完整的。也許，弱者更渴望浪漫的歷險，我怎麼覺得貝多芬和勃拉姆斯像兩個治學嚴謹的教授，而舒曼則是個才華橫溢的蹺課學生？

（《聯合早報》副刊「四方八面」2017年3月31日）

注：貝多芬的《田園交響曲》是沒有小號的。

三、大指揮家的面貌

我發現，大指揮家多具「邪惡」的面貌。

首推卡拉揚（Herbert von Karajan, 1908-1989），他指揮時通常是「閉目養神」，偶爾會抬頭張目，那時看到的卡拉揚的眼神，好像蒙了一層患白內障的薄膜，陰森可怖，那是好萊塢電影裡約定成俗的惡魔眼神；其次是聲名顯赫但深居簡出的卡洛斯・克萊伯（Carlos Kleiber, 1930-2004），他那個又長又尖的鷹鉤鼻子和刀鋒般薄薄的嘴唇，乃十足的魔頭長相，尤其當他指揮到貝多芬交響曲的要緊樂段時，低首哈腰，面部表情豐富而冷酷，額頭青筋暴突，就更顯得如此；再看以前北德廣播樂團的那位白髮蒼蒼的君特・汪德（Gunter Wand, 1912-2002），面相神態堪稱猙獰，即使指揮舒伯特（Franz Seraphicus Peter Schubert , 1797-1828）這樣「溫柔羞怯」的作曲家的作品時，他也是眼裡透著銳利的凶光，瘦骨嶙峋的手掌（一根根手指伸直，像透過X光照片顯現的，特別長）不住朝樂團凶狠搖擺，缺牙的嘴念念有詞，彷彿向樂團施加厲害的咒語，團員們俯首貼耳；又如不怒而威的洛林・馬澤爾（Lorin Maazel, 1930-2014），酷似《星球大戰》中銀河帝國的黑暗皇帝；近年炙手可熱的馬里斯・揚頌斯（Mariss Jansons, 1943-2019），由他巨大張揚的鼻孔和頻頻扇動的鼻翼、骨碌碌亂轉的眼睛，說他是精靈骷髏王也無妨；矮小的小澤征爾（Ozawa Seiji, 1935-2024），穿對襟衣衫，披頭散髮，張牙舞爪，活脫脫一個神神道道的黑魔法師；那個義大利人里卡多・穆蒂（Riccardo Muti, 1941-），身材臃腫，滿臉橫肉，往臺上鐵塔般一站，目光凌然一掃，凶相畢露，令人膽寒；另一個俄羅斯人瓦列里・格吉耶夫（Valery Gergiev, 1953-），頭髮稀疏，眼泡虛腫，鬍鬚邋遢，捏一根三寸長的「牙籤」當指揮棒，時不時搖晃身體，顫抖手臂像扇動翅膀，露出一臉奸笑，視樂團如掌中玩物；其他的如喬治・索爾蒂（Sir Georg Solti, 1912-1997）、祖賓・梅塔（Zubin Mehta，1936-）、鄭明勳（Chung Myung-whun，1953-），甚至富特溫格勒（Wilhelm Furtwängler, 1886-1954），薩義德（Edward Wadie Said, 1935-2003）回憶，現場音樂會上，富氏瘋狂揮舞的手臂和高高的稜角分明的身材，深深吸引了他，不一而足，每一個都「來者不善」，每一個都「唯我獨尊」。

相隨心生——成功的大指揮家必然具備強烈的控制欲、廣大深邃的精神穿透力、迷惑大眾小眾的妖媚人格、出類拔萃的智商、獨斷專行的作風，……這些素質總和，定義「邪惡」綽綽有餘。

物極必反、相生相剋吧，因為他們闡釋和傳播的恰恰是偉大的音樂、人類的福音。

或是所謂的「奇人異相」——比如超級巨人卡拉揚，據說他至少熟悉五十部歌劇的每一處細節，能在從熟睡中被喚醒的情況下，立即從五十部歌劇的任何一處開始指揮。更有人指出，哪怕卡拉揚指揮的是一套立體聲音響系統，人們也樂意花錢去看。

說到底，凡大人物，定可貌相。

（《聯合早報》副刊「四方八面」2017年4月14日）

四、天堂的琴聲

有評論介紹美國鋼琴家莫雷・佩拉希亞（Murray Perahia, 1947-）1994年在Sony製作的那張彈奏蕭邦的唱片，說他彈得很棒。最後總結道，比之更出色迷人的樂音只在天堂才能聽得到。

只在天堂才能聽得到——我覺得那句讚揚言過其實了，儘管，他是彈得很棒。

之所以有所保留，是因為，要說既然是天堂裡的琴聲，那就應該打破「聲音」的單調和平面局限，擴展為全方位透視的、足夠強度加「鮮度」的、有血有肉的審美感受。說得通俗點，它不但要有天籟音色，還要伴有懾服人心的視覺效果——這是一個講究立體、提倡3D的時代。

最近看了兩段視頻，更加開竅：什麼才叫做來自天堂的音樂！

一是加拿大波蘭裔鋼琴家簡・里塞奇（Jan Lisiecki, 1995-）和BBC樂團在一個新年慶祝晚會上演奏舒曼的鋼琴協奏曲，二是澳大利亞鋼琴家傑生・勞艾德・齊爾汗（Jayson Lloyd Gillham, 1986-）於某屆蕭邦鋼琴比賽上獨奏蕭邦的搖籃曲。且先不去評說「後生小子」的音色演繹是否達到當今樂壇的頂尖水準，光是看這兩個金髮美少年的表演風采，以及他們朝氣蓬勃的人體光芒，就「先聲奪人」，把我這個主體觀眾迷得——中國北方人喜歡形容的——迷得找不著北。我在心裡不住地說，他們肯定是天使下凡！

如今世界上廉價航空很普及，但是廉價形象卻行不通。

而傷悲的是，當生命不可逆轉地淪落為很廉價的形象，竟然還不自覺。老，對每個人是個巨大考驗。最禁不起評論的其實是人生的榮辱貴賤，其實是人的晚節。

因此，我堅決認為，那些人過中年之輩，面目浮腫、身材走樣、眼神渙散的老男人、老女人老藝術家，不管技藝怎樣出神入化，修養怎樣深厚獨到，心態怎樣平靜如水，都是說說而已的，都是自欺欺人的，都是樂齡的勵志篇，在這場以「天堂」為背景、以「光照」為規則的比賽中他們終究還是輸了，而且輸得很慘——輸的是時間，輸的是新陳代謝的生命力。

總有人不服，這很正常，我們不是已經「提前」進入了老年社會麼。

好吧，硬要評比音樂演奏本身的高下，我便進一步把傑生彈的搖籃曲和傅聰（1934-2020）在那張Sony（九十年代中期吧）唱片裡錄製的同一首樂曲做了對比，沒辦法，總感到傑生彈得清新自在，傅聰畢竟太老氣橫秋了。返老還童是一回事，能否將一大把缺鈣的老骨頭硬硬塞進小巧玲瓏的搖籃裡是另一回事。

所以，這裡邊有些難以迴避的辯證關係：一旦在音樂形象上輸了，那麼，音樂的內涵也跟著輸了，就是這麼簡單。

真正的鋼琴，真正的音樂，均來自天堂，來自永恆幻化的青春和美豔，就是這麼簡單。

（《聯合早報》副刊「四方八面」2017年4月28日）

五、永遠的阿巴多

從前我母親曾告誡我說，死人的日子過得快。這不，一轉眼，阿巴多（Claudio Abbado , 1933-2014）去世已逾三年。

再次觀賞他2003年指揮琉森節日樂團演奏的馬勒（Gustav Mahler, 1860-1911）第二交響曲（Luzern）《復活》的視頻，那場演出被許多樂迷津津樂道，譽為絕唱。

那是阿巴多大病初癒後親力親為操辦的大型音樂活動。評者認為，經歷生死考驗的他，達到了「隨心所欲而不逾矩」的境界。的確，阿巴多的整場指揮慈祥恢宏，是一齣非常純粹、非常洗練的馬勒——我琢磨，有什麼「具體的」東西可與之相提並論？

有的。

說些題外話，歐洲的葡萄酒，特別是法國波爾多和勃艮第的紅酒，和澳洲等其他地區的相比較，勝在何處？我相信，很重要的一點是，澳洲等地的葡萄酒，常過於偏重果味口味，濃厚就不免渾濁，刺激就失去清晰；而波爾多、勃艮第不屑於那樣做，他們始終回歸把握「酒是酒」的本意，在釀造過程中把果味口味都「抽離和拋棄」了，那是一種真正的淨化提升。甚至過猶不及，像頂級勃艮第，堅持講究「單一」的情趣，甚而接近「乏味」的風格，酒成熟後，順理成章，品嘗起來精細得多，複雜得多，也有挑戰得多；而且最重要的，葡萄酒具備了「傳統的思維深度」（等價的，真正的品嘗，用的應該是大腦而不是「舌尖」），那是歐洲以外的葡萄酒望塵莫及的。

好，阿巴多的那場馬勒，就相當於百年難遇的勃艮第皇冠極品，體現本質中的本質。

嘿，琉森樂團敲鼓的先生長得很像黑幫老大或澳門賭王——如此盛大圓滿的音樂工程，即使是魔頭撒但願意跑來給阿巴多敲定音鼓，我也不會感到意外。

再欣賞阿巴多指揮琉森節日樂團演奏布魯克納（Anton Bruckner, 1824-1896）的《第七交響曲》，以及他指揮歐洲室內樂團演奏舒伯特的「未完成交響曲」，那大概是他去世前少數的幾次珍貴亮相，他應該預感到生命時日無多，深刻體會了「生命是很孤獨的事，終歸要一個人來，一個人走」，所以，音樂裡面除了曾經滄桑的傷感意味，竟然還隱隱透出一絲冷傲疏淡的孤獨感，思想在走一根堅韌的精神鋼絲。相比於指揮馬勒《復活》的遊刃有餘，他指揮布氏「第七」很面面俱到，好像非要逼迫自己精疲力竭，非得懷有「獨滄然而涕下」的悲情——但那根鋼絲沒有斷。

真理往往很悖謬——這個世界上所有的靈性，正是通過「孤獨感」而互相聯繫起來的。

也只有阿巴多這樣的大師和哲人，在這樣受到召喚的時刻，才能通過音樂，把布魯克納—舒伯特式的孤獨感，揮灑過渡到人類的普遍孤獨感，也才能再進一步超越渺小的塵世，把這種普遍性提煉昇華至崇高和永恆的層面——上帝的廣袤無邊的孤獨感。

（《聯合早報》副刊「四方八面」2017年5月12日）

六、大提琴的內在力量

中國上海出生的大提琴家王健（1968-）身上散發著民國文化人的風範。

看他演奏蕭邦波蘭舞曲的視頻，全身上下的行頭打扮：白襯衣、黑長褲、尖頭皮鞋、三七分髮型、金絲邊眼鏡……，一副民國有身分人士的派頭。除了衣裝，還有神態舉動：瘦小的身材、眯眯眼和單薄的長相、略微靦腆的臉色、細聲細氣的說話風格……，那豈非上世紀租界裡或者大後方那些明潔孤高憂國憂民的文化知識界精英的寫照！

更重要的是他的音樂，深厚精到。尤其是他的指法，乾淨俐落，琴聲線條扎實而絲絲入扣，不過分張揚，像他自己說的：「我是中國人，當然是中國文化的產物。我的人生審美觀基本上是中國式的，如樸實、含蓄、容忍。」──若把「中國式的」修改成「民國式的」也許更達詞意。然而，當然，不能那麼隨便修改，要犯政治錯誤的。

再看他演奏巴赫《無伴奏大提琴組曲》的視頻，他神情那麼專注，音樂條理那麼有修飾感，還有，他身上的那件西裝顯得那麼大，身子骨那麼弱不禁風〔但音樂和那把1662年製作的義大利阿瑪蒂（Amati）大提琴完全支撐了他〕──他背靠一堵寫滿字母的藍色牆壁，坐在一張蒙了布片的凳子上，左右兩旁作為裝飾，各擺放了一把略顯陳舊且顏色暗淡的仿古皮革椅子，整個佈局給人的印象，像在一個空蕩蕩的地鐵車站內，如同電影《The Matrix》裡，虛擬時空中困住了尼歐的那個奇異的地鐵車站。哦，他頭頂上罩著一片同樣「陳舊」同樣「顏色暗淡」同樣「冒仿」的民國的穹頂。他曾說過，巴赫是演給自己和上帝聽的。那麼，上帝此刻正襟危坐在他旁邊某一張地鐵版的粗俗椅子裡（或分身有術，兩邊的兩張椅子都霸占），貼身傾聽他從從容容如泣如訴的感性表白——上帝不至於破衣爛衫，可穿的那套西裝也不怎麼合身，我猜。

有段採訪，記者問：「您錄製的巴赫《無伴奏大提琴組曲》一直為人津津樂道，但您好像很少現場演奏，為什麼？」

王健答：「現代人的生活比較安逸了，難以體會巴赫時代人們精神世界的敏感。那時，人的生命很短暫脆弱，生活條件殘酷，對精神世界的追求是強烈而敏感的，所以巴赫才能寫出這種音樂……。現代社會中，除非你有敏感的天性，否則聽不到巴赫的內心世界。而且在國內演巴赫更困難，我們的民族個性現在好像很反感嚴肅，基本上沒有肅靜的能力。」

沒有「大國崛起」的豪言壯語，卻一針見血。

另一訪談，王健說他非常喜歡臺灣，臺北音樂廳渾厚淳樸的音響回聲令他讚不絕口——嗯哼，他在氣質上理所當然和臺灣更相契合。有點同是天涯淪落人的意思。

（《聯合早報》副刊「四方八面」2017年5月26日）

七、切入點

貝多芬第五交響曲開頭的一串強音被形容為「命運」的敲門聲，其實在更早的第三《英雄》交響曲的第一樂章中已經出現連續齊奏的強音，只是沒有像《命運》中那樣緊鑼密鼓叩破人心罷了。

這些「最強音」代表的是全人類的聲音（或者怒吼？）。貝多芬音樂，其核心意義上集群的高歌猛進，個體很難擔當，所以，他的音樂，例如第三、第四、第五、第七和第九交響曲等，作為個人聽多了，尤其聽得認真了，精神上可能會受不了。

我在想，不妨給理解大貝音樂找個切入點——他和女性的關係。貝多芬一生相處過幾個女人，結果都「無疾而終」。羅曼・羅蘭（Romain Rolland, 1866-1944）寫道：「貝多芬心靈裡多少有些清教徒氣息，他對於愛情的神聖抱著毫無假借的觀念。這樣一個人是生來受愛情的欺騙，做愛情犧牲品的。」嗚呼，女人成了卓爾不群的音樂強人的「毒藥」。巴倫博伊姆（Daniel Barenboim, 1942-）也如是總結道：「貝多芬不是來交流的，他不想利用音樂來交流。」我倒覺得更確切的是：大貝也不想利用交流來音樂。所以麼，性別態度採取如此截然兩分法的貝多芬，他的音樂表現大體上就是高度強勢化的、不妥協的、決定論的、特立獨行的陽剛偉壯。另外，人們提到，他那一頭「異乎尋常濃密」的亂髮很像雄獅——很少人注意到，雄獅的激情有片面性。大貝音樂格調上的「片面」在在顯示出他音樂理念上的單純和執著。

用同樣的切入點來談勃拉姆斯——他一生摯愛的女人只有一個，舒曼的妻子克拉拉（Clara J. Schumann, 1819-1896）。於情於理，是「單相思」。不過，這種單向戀愛的內在衝動和衝突給予勃拉姆斯的音樂以美妙的啟發和動機。他的交響曲，還有室內樂，特別是室內樂，彎彎繞繞極盡所能地表現愛的苦悶、解脫和昇華，充滿感人的氣息。例如，《第四交響曲》的第一樂章，開始一個男人在埋頭嗚咽，然後發展成嚎啕大哭；再如《C小調鋼琴四重奏》，作品六十號，第三樂章，以及《降B大調弦樂六重奏》，作品十八號，第二樂章，都像極白領中年男子的長夜悲歎。據傳有次他把剛寫好的某樂章拿給朋友看，解釋說：「請想像一個人將要開槍自殺，對於他，已沒有別的出路。」正說，他把音樂當作生命的一部分；反說，他和他的音樂都有自虐傾向。勃氏的音樂呈現更多坦率和知性的個人傾訴。有趣的是，勃拉姆斯留有卡爾・馬克思式的大鬍子，這種豐滿形象的人多認死理，精力充沛，對寫大部頭作品上癮。

由以上的切入點做一思考延伸：古典音樂史上，成名作曲家都是男性，這種現象也許不是偶然的。上帝恨亞當，上帝也疼亞當，恨和疼都有特殊的方式，古典音樂是其中的一個方式。

（《聯合早報》副刊「四方八面」2017年6月9日）

八、巴赫的「第一小節」

巴赫音樂的開頭，相當於「第一小節」的，多是神來之筆。至少有三個雄辯的例證：《大提琴無伴奏組曲》第一號的前奏、鍵盤作品《哥德堡變奏曲》的第一節主題，以及鍵盤作品《帕蒂達組曲》第一號的第一段前奏曲。

總說巴赫的音樂是理性和邏輯的表現，我同意。但是，你若深入仔細地聆聽，就會恍然發覺，這些振動你鼓膜的「第一小節」，完全是靈光乍現、自成一格，而且大步超前，與跟在它們後面的樂章乃至整部音樂（雖然也都是傑作和經典）在很大程度上像是脫節的。薩義德說到了要害：「巴赫並不是要接近神，而是要代表神。」——「第一小節」是如此高高在上、超脫、絕對，跟人類的理性和邏輯壓根沒有一點關係，跟普通世俗的人文情感也壓根沒有一點關係，它們彷彿直接來自於天庭，來自於《創世記》，具備神祕的宇宙力量，凌駕於任何凡間音樂和任何傳頌的教義之上。即使是《帕蒂達》，沒錯，它是舞曲，但你聽那前奏曲的暢快樂律，分明是播放在一艘悠悠行進的太空飛船上。完整「大部頭」的（甚至有點不厭其煩的）巴赫音樂，其奇異之處就是，似乎都要經過那神啟的、光輝的「第一小節」之引領和加持後，才正式進入其伸張理性、講究邏輯和塑造美感的後續階段。

美國電影《天使聖物：骸骨之城》（*The Mortal Instruments: City of Bones*）中，將巴赫說成是史上專殺惡魔的「暗影獵人」，他制定的樂譜對位規則可讓惡魔現形。男主角在鋼琴上輕輕彈奏了幾個音符，果然就讓女主角的一個惡魔鄰居立即現了形。他彈的正是《哥德堡變奏曲》的開頭部分——在音樂上這完全說得通，因為那些鏗鏘的音符的確充滿了至高無上的神性。

巴赫有些單獨成章的作品，如弦樂合奏《G弦上的詠歎調》或者鋼琴《C大調前奏曲》等，也隱含類似的神韻，充滿深邃而堅定的感召力，讓人不禁要問：巴赫真的擔當過「神的僕人」？

有的大提琴家選擇在教堂裡拉巴赫的《無伴奏組曲》，如果那是為了採納教堂的回聲效果，無可非議，但如果是為了突出音樂的宗教意義，就該謹慎。回到前述薩義德的觀點，怎樣由音樂的外在表現，於「接近神」和「代表神」之間做出主觀取捨，那是個難題。在教堂環境裡進行這樣的即興取捨更容易失衡，很可能是，流於通俗卻失去通透，虔誠有餘而自信不足。畢竟，巴赫「第一小節」所凸顯的神性，和舒伯特的《聖母頌》（Ave Maria）或布魯赫（Max Christian Friedrich Bruch, 1838-1920）的《晚禱》（Kol Nidrei）所表達的宗教情懷是不一樣的，相對於後者的敬畏和服從，前者彰顯的是大義凜然的啟示、教誨和關懷，還有就是通透——貫穿鎮壓人類靈魂的通透。

（《聯合早報》副刊「四方八面」2017年6月23日）

九、美麗心靈

美國電影《美麗心靈》（A Beautiful Mind）描寫的是著名數學家約翰・納殊（John Forbes Nash Jr., 1928-2015）某一暗淡人生階段的故事。

影片後段，納殊長期罹患精神分裂疾病，恢復後待在家裡休養，有位以前一起做研究的同事兼朋友去看望他，病後的納殊反應木訥，他們再難找到「共同語言」。臨別時朋友勸慰納殊，叫他不一定繼續從事數學研究工作，可以幹點別的事情。聽了這話，納殊憂傷地看著他朋友，心意闌珊地問：「我還能幹什麼『別的事情』呢？」此時，背景中輕輕響起的，是莫札特《A大調第11號鋼琴奏鳴曲》（K331）的第一樂章，優雅的行板。此情此景，此音此樂，深深打動了我。羅素・克洛（Russell Ira Crowe, 1964-）扮演的納殊那肅穆的眼神和面容、僵硬垂直的肢體動作，反映了一個智慧高超的人，經歷了難以言喻的病情折磨和世態炎涼後，所面對的種種艱難困境，以及內心的憂傷、無奈和痛苦——卻是淡淡的、平靜的，甚而有點脫俗出世的；而莫札特的那段行板，均衡平行、波瀾不起卻又意涵深遠，完全契合了逆境中人世和人心的嚮往。正如巴倫博伊姆指出的：「莫札特對生活有一種天生的理解力。」

莫札特非但是「世俗的」，而且是「世界的」——又是巴倫博伊姆的話：「莫札特最重要的在於他是第一個泛歐洲人。他會法語、義大利語，還有德語。他用所有這些語言來創作音樂。」對此我們可以做一個有趣的比較論證：拉赫瑪尼諾夫（Sergei Rachmaninov, 1873-1943）很擅長用單簧管來表現意境，比如他的《第二鋼琴協奏曲》第二樂章開頭，單簧管和鋼琴如夢如幻的纏綿對應，還有《第二交響曲》第三樂章開首部分，那長達約三分鐘的單簧管「獨奏」，它們盪氣迴腸，卻怎麼說都是俄羅斯風味的。而莫札特在單簧管樂曲的創作上也不遑多讓，他的《單簧管協奏曲》（K622）和《單簧管五重奏》（K581），其中的單簧管旋律優美絕倫、情深意長，卻都「琅琅上口」，是全世界通用通行的版本，絕少帶有「奧地利色彩」。你不得不服，莫札特更「高屋建瓴」。

人們也許對《A大調第11號鋼琴奏鳴曲》第三樂章〈土耳其進行曲〉更耳熟能詳，然而，畢竟是它的第一樂章的行板主題更平易近人而意境深遠，更接近他在第四十、四十一交響曲中所展現出來的「晚期」風格。

格林・古爾德堅稱，莫札特不是死得太早，而是死得太晚了，因為他個人不喜歡莫札特的晚期鋼琴作品。平心而論，大半生貧病交加、三十五歲便英年早逝的莫札特肯定是過早領略，並在音樂中誠懇表達了他的「老年感受」和「老年境界」——而他依靠的絕對是、也僅僅是自己的那顆美麗心靈。

莫札特死了，死得太早或太晚，但是他的心靈永遠未死。

（《聯合早報》副刊「四方八面」2017年7月7日）

十、音樂的初心

上次說了莫札特《A大調第11號鋼琴奏鳴曲》（K331），今天再來說他的《C大調第10號鋼琴奏鳴曲》（K330）。

我最初聽到的這首樂曲是傅聰彈的，大約上世紀八十年代初，他於文化大革命結束後首次回中國演出，電臺裡正在重播那場節目。上海我們家的「紅燈牌」收音機也是文化大革命結束後買的緊俏貨，紅燈閃爍，音質剔透，莫札特從傅聰的指間流出，粒粒珠璣。

移居獅城後，開始買古典音樂唱片，對K330情有獨鍾，尤其第一樂章，中庸的快板，百聽不厭。偏聽偏信，心得自娛：格林・古爾德1959年薩爾斯堡（Salzburg）獨奏會上的彈奏（Sony）沉著通順，那時他二十幾歲，已顯露大家風範；霍洛維茨（Vladimir Horowitz, 1903-1989）1985年的錄音（Grammophon），就如巴倫博伊姆曾經總體評論的：「霍洛維茨的鋼琴演奏是一個極端的例子，你可以感覺到和弦中的某些音符就在你面前，而有些則在幾英里之外。」那時霍氏已八十多歲高齡，老而彌堅，愈發彈得矯情了；老霍和小格，遺老、遺少，相映成趣。再有巴倫博伊姆本人，2000年布宜諾斯艾利斯哥倫布劇院的現場錄音（EMI），他手指短，故音色尖利，卻出奇地悅耳動聽……。很想買到鋼琴家克拉拉・哈斯希爾（Clara Haskil, 1895-1960）彈K330的唱片，未能如願。聽過她彈奏的莫札特《F大調奏鳴曲》K280（Grammophon），之前迷戀那樣的傳說，她的莫札特，觸鍵猶如「嬰兒般柔美」，實際耳聞，確實感人至深，集不泯的童真、女性的敏銳和機警、上了年紀的知識分子的優雅和淡漠於一體——她已經達致了一種「音樂的初心」。

總有人要把貝多芬和莫札特做比較。薩義德說：「我認為貝多芬和莫札特、海頓（Franz J. Haydn, 1732-1809）不同，是一個更具有哲學思想的作曲家。……他讀的東西比莫札特要嚴肅得多。」他是在暗示貝多芬的音樂比莫札特的深刻。我多少有些傾向於他的觀點。

不過，這就像刻意比較中國唐代兩大詩人李白和杜甫，結果往往會模糊焦點。李白〈朝發白帝城〉：「朝辭白帝彩雲間，千里江陵一日還。兩岸猿聲啼不住，輕舟已過萬重山。」很直白輕靈；而杜甫的〈聞官軍收河南河北〉的下闕：「……白首放歌須縱酒，青春作伴好還鄉。即從巴峽穿巫峽，便下襄陽向洛陽。」也同樣豪爽快捷，兩者各領風騷。雖然公認杜甫的詩更講究對仗工整和修辭到位，可是不能因此斷言，杜甫比李白深刻。只能說，風格就是人。

僅就「鋼琴寫作」而言，貝多芬作品，如他的第31號《降A大調鋼琴奏鳴曲》，比之於莫札特，如K330那樣明快平滑、音樂表達依賴於直覺的，無疑更具糾結的纖維結構。毋寧說，他們兩人的音樂都深刻，但很明顯，彼此深刻的方式、方法，乃至深刻的方向不一樣。

（《聯合早報》副刊「四方八面」2017年7月21日）

十一、以小見大

古典音樂作品有大小之分，短小隨興的創作謂小，精心構思的交響曲、協奏曲之類是大。

不過，作品的內涵和價值，其份量、其意義，卻不能以它們的「大小」來一概而論，「大而無當」和「以小見大」的情形經常存在。

最近觀看一段視頻，深有感觸。那是喬治・索爾蒂早年指揮某個德國樂團演奏瓦格納的《唐・豪塞》序曲，他的指揮風格是強強對話型的，動作幅度大（像體操運動員）、直截了當、全身心投入，彷彿非要使盡渾身解數才能將《唐・豪塞》序曲的疾速演進始終險險控制在理性的軌道上，不違背音樂發展的自身根據——真替索爾蒂捏把汗，也真替瓦格納音樂捏把汗。

這也許不是我的錯覺。瓦格納作品多大型宏觀，這首作品，還有他的其他標誌性作品，樂思輝煌、旋律激昂、調門高亢，充滿「向前，向前，向前」的審美狂歡，多少試圖表現出人類和人類事業的非凡、崇高和偉大。然而，這類「主旋律」作品，也正因為太自命不凡、太鼓舞人心，具備了「先決條件」，容易被別有用心的黨派社群、利益集團改造曲解成附庸工具，去歌頌獻媚領袖和主義，推波助瀾造神運動和造反運動，激化僵化國家和人民的靈魂，直至可能與「暴力革命」的瘋癲語境同流合汙，演變為灌輸／煽動進行曲。

再比如中國文化大革命時期的鋼琴協奏曲《黃河》，基本上是一個紅色政治命題作品，它在高潮樂段中加入《東方紅》和《國際歌》的旋律元素，一點也不讓人感到奇怪。

潮流化、標榜化的大型音樂，從人類普世價值的高度來檢驗，或者僅僅用古典音樂的框架來審視，其格局反而被做小了。

而音樂小品，因為僅涉及個人趣味和氣質，不符合黨派和團體的宏大宣傳需要，所以少有被移植濫用的顧慮，其演出卻常常能夠展現大智慧、大宗旨。前不久，聽了兩位我十分喜愛的歐洲鋼琴大師，布倫德爾（Alfred Brendel, 1931-）演奏的舒伯特即興曲，作品90號，之三；波利尼（Maurizio Pollini, 1942-2024）演奏的蕭邦《第八號夜曲》，作品27號，之二，其造詣和境界完全突破擯棄了「全民族、全人類」的條條框框，直達個人內心深處的迷濛、痛楚和覺醒，且潛移默化地教導一種做人的自由和自尊——正直和敏感，以及溫良恭儉讓等等，小品可謂充實了大章法。

「石頭躺在地面上，普通的石頭，讓人想起後腦勺。」一位當代俄羅斯詩人的詩句，它是以上那樣的「小品意象」的隱喻，也是從物質到思想的一條線索。

他，布羅茨基，還說過，「人們的心靈應該比他們的語法更為誠實」——其中當然包括音樂的語法。古典音樂的真義，它的人文思想的真義，也就在這裡。

（《聯合早報》副刊「四方八面」2017年8月4日）

十二、鐵幕後面

史達林統治蘇聯長達幾十年，在他一手建立的鐵幕後面，後來款款走出不少古典音樂的演奏奇才，風靡震驚了西方世界。

最出名的，鋼琴大腕里希特（Sviatoslav Teofilovich Richter, 1915-1997）和小提琴之神大衛・奧伊斯特拉赫（David Oistrakh, 1908-1974）。

里希特很受西方音樂界推崇。聽他五十年代「出道」時彈奏的莫札特第《20號鋼琴協奏曲》（Grammophon，2001年重新翻錄），流暢而有張有弛，特別是第二樂章〈浪漫曲〉，聽後回味，「此情可待成追憶，只是當時已惘然」。而且，里希特當年彈的那架鋼琴還是有問題的，換作挑剔的米凱蘭傑利（Arturo Benedetti Michelangeli, 1920-1995），鐵定拒絕——於是乎，對比聽聽老米先生在完美的鋼琴上彈奏的同首樂曲（Grammophon，與北德廣播樂團合作），音色果然傲慢而富有貴氣，演繹精緻規範，而里希特大叔的彈奏表面上隨和得多，內裡卻也十分平衡精準，有學院派的深厚影子，兩者難分伯仲。不過里希特的有些演奏，有過於霸道之嫌，例如他和蒙特卡羅（Monte Carlo）國家歌劇院樂團合作的格里格鋼琴協奏曲（EMI），他晚年的個別貝多芬奏鳴曲，以及他參與的柴可夫斯基（Pyotr I. Tchaikovsky, 1840-1893）鋼琴三重奏，有時候真讓人懷疑是錄音出了錯。

奧伊斯特拉赫的風格則謙和中庸。聽他的貝多芬《G大調浪漫曲》（Grammophon，1995年翻錄），琴聲透出堅實的韌性，讓人奇怪地覺得像是被某種「生命之重」碾軋過，形成「寬而扁」的聲帶。一般來說，頂尖的小提琴音質當趨於圓潤飽滿、細微清晰，但太講究「圓度」和精巧會顯得冰冷，「寬而扁」的音色卻拙樸端莊。所以，有人認為奧伊斯特拉赫的小提琴誠摯溫暖，具有悲天憫人的氣度。他和奧珀林（Lev Oborin, 1907-1974）合作的貝多芬《小提琴＆鋼琴奏鳴曲》很柔順，尤其是第五號〈春天〉，充滿對季節和天地的親切和崇拜。

為何肅殺和嚴酷的鐵幕後面，「古典幽靈」為數眾多：另有作曲家普羅科菲耶夫（Sergei S. Prokofiev, 1891-1953）和肖斯塔科維奇（Dmitriy D. Shostakovich, 1906-1975），指揮大師穆拉文斯基（Evgeni Mravinsky, 1903-1988）、大提琴巨匠羅斯特波羅維奇等？

有學者指出，蘇聯的極權社會，「它組織起來並不是為了追求幸福、自由、正義和個人關係，而是為了戰鬥」，齊心協力達致宏偉目標——就像中國舉國體制竭力爭取奧運金牌總數，這麼多古典音樂「冠軍」一起湧現出來，正好說明它更多的是「集體榮耀」。

這麼分析並不否認奧伊斯特拉赫等人是天才，金牌是貨真價實的。還要指出，俄羅斯文藝精英擁有深厚的優秀傳統（古典音樂領域就有柴可夫斯基和拉赫瑪尼諾夫），以及偉大的良心，其根基很難被動搖和摧毀。回顧光輝的明證：在兩個臭名昭著的專制制度下，沙皇時代誕生了「俄羅斯詩歌的太陽」普希金（Aleksandr S. Pushkin, 1799-1837），史達林時代依然升起了「俄羅斯詩歌的月亮」阿赫瑪托娃（Anna Akhmatova, 1889-1966）。

（《聯合早報》副刊「四方八面」2017年8月18日）

十三、音樂標題和標題音樂

讀大學時，看到報紙預告，「中國交響樂之父」李德倫（1917-2001）要來上海客串指揮，我便翹課去買票。一大早趕到上海音樂廳，排在一百多號人的長龍之尾。

排我前面的是兩位談興甚濃的老哥，他們先聊起貝多芬九大交響曲「命名」，第三《英雄》、第五《命運》、第六《田園》、第九《歡樂頌》我知道，第一、第二「無名」我也知道，他們說那是早期作品，還夠不上取名的程度，這我聽之任之。「就像小毛孩沒必要有學名」——似乎不高興我偷聽他們談話，那位蓄長髮、穿條喇叭褲的哥們突然大聲說著，朝我瞪了一眼。我趕緊望向別處。他們接著聊，第四《青春》、第七《酒神》，這我首次聽聞，覺得有趣，不禁又伸長了脖頸。這麼不打自招侵犯別人隱私，引起另一位大鬍子、穿軍裝的哥們的反感，他哼了我一聲，對喇叭褲說：「今天這麼多人來湊熱鬧，大多是趕時髦，其實對交響曲什麼的根本不懂。」喇叭褲附和：「就是，濫竽充數。」我的人頓時矮了一大截。他們一唱一和把我打回原形，再說起這回李德倫節目表有大貝第八交響曲，這第八沒名字，也非「早期作品」，兩人一副百思不得其解的樣子。反擊機會來了，我用恨鐵不成鋼的語氣對他們倆歎道：「唉，這都不曉得？第八叫做『犧牲』！」兩哥們大吃一驚，不約而同帶著將信將疑但又明顯刮目相看的神情問我：「真的？」

真的才怪，靈機一動亂扯，唬弄他們的。那時我沒聽過第八，後來聽了，斷定它跟「犧牲」毫不相干。

提這事是說，古典樂曲的「名字」，不妨當它子虛烏有。大部分古典音樂，本義上都是抽象想像情緒性、情感性的，跟文字提示沒有太實質的關係。以我之見，聽古典音樂，與其費盡心思去過度探索內容，不如力圖聽出情趣和意興。大貝第八，傑拉德・施瓦茲（Gerard Schwarz, 1947-）指揮洛杉磯室內樂團演奏（DELOS），小型樂隊、小型樂感，音質清純，抒情恰到好處；還有伯恩斯坦早年指揮紐約愛樂演奏貝多芬「無名的」第一和第二（CBS），別有爵士樂味道，點讚。

標題音樂另當別論。北歐出名家，格里格《皮爾金特組曲》和西貝柳斯的交響詩《芬蘭頌》，實至名歸。

德彪西（Achille-Claude Debussy, 1862-1918）《亞麻色頭髮的姑娘》，更借助標題豎立一幅參照畫面，不過，優秀鋼琴家不會在意，否則壞了音樂感覺和修為——聽米開蘭傑利（Arturo Michelangeli, 1921-1995）彈奏這首印象派曲子（Grammophon），他的心地手指，那麼清心寡欲，哪有半點「姑娘」的影子？然細細體味，點點滴滴，飽滿平和的激情自在其中——《大學》的評說用在這裡恰如其分：「知止而後有定，定而後能靜，靜而後能安，安而後能慮，慮而後能得。」

（《聯合早報》副刊「四方八面」2017年9月1日）

十四、「長篇小說」大師

有個朋友，以前寫短篇小說，後來要轉攻長篇小說，他跑來問我，對於他的新願景有何建議？他也愛好古典音樂，我不假思索勸他，去聽聽馬勒。他說：「我喜歡聽序曲之類，輕鬆愉快，交響曲多漫長沉重呀，尤其是馬勒，那不是給自己找累受！」我堅持：「必須馬勒，序曲太『短篇小說』了。」他爭辯道：「那貝多芬《萊奧諾拉》、《艾格蒙特》和《科里奧蘭》也不行嗎？」我答：「唔，那充其量是『中篇小說』。」

古典音樂重頭戲，交響曲、協奏曲等，是「廣義的衡量標準」。例如，若沒有出現柴可夫斯基，他的第四、第五和第六交響曲，還有第一鋼琴協奏曲，就只是之前的格林卡（Mikhail Ivanovich Glinka, 1804-1857）和「五人集團」的小打小鬧，俄羅斯古典音樂陣容就難同德奧樂派等量齊觀。這就同一般都以長篇小說的水準來評判某國的文學景觀是一樣的道理——短篇小說和長篇小說是兩個不同的概念，後者絕對不是前者簡單的延伸和拓展。前幾年我買了本金宇澄（1952-）的長篇小說《繁花》，看它書封上的廣告：「一萬個好故事爭先恐後衝向終點」，我認為那是對這部長篇小說以及長篇小說本身莫大的誤解。

說到長篇小說，馬勒無疑是絕佳的「他山之石」。

馬勒交響曲可謂規模宏大、眾聲喧嘩、熱鬧非凡。樂團和人聲的編制浩龐自不待說（比如，經常，大提琴、低音提琴和管樂器的數量加倍），樂器配套也多元化、神奇化，更有用大木槌來敲擊出震撼效果的。再者，主題、和聲、配器與調性豐富多彩、不拘一格。馬勒要最大限度地製造出一種世俗的歡樂，而通過這種歡樂場面，所傳達和表現的恰恰是世俗中廣泛的困境，以及人在這困境中的全面掙扎和反抗，乃至勝利和失敗——這也是當代優秀長篇小說的結構傾向和心理前提。

馬勒交響曲的抒情兼具清澈和凝重。「第二」第一樂章、「第四」第三樂章、「第三」的緩板以及「第六」的行板等，登九重修遠之境，仍會慢慢降落親吻大地。好的長篇小說的文字情景也應當有廣闊的想像力、洞察力，又需要克制約束，來疏通人性並超脫人心。

毋庸諱言，馬勒交響曲的旋律或樂段常給人「湊不齊」的感覺，不容易懂也不容易記。有位著名作家曾說過：「我們今天讀希臘和拉丁的古典作品，被那些文字感動，但我們讀它們的時候，或許完全不懂其中的意思。」——如果它在整體上已經歸結為普世的文化內容，已經變成藝術和思想的東西：本性、愛情、死亡、絕望和犧牲等等，那麼，人的心靈是與其同化的，根本不需要「記」，也天然能夠「懂」。這些，不就是真正的長篇小說需要捍衛的終極書寫嗎？

（《聯合早報》副刊「四方八面」2017年9月15日）

十五、靈魂的飛舞

某年某日，我坐在上海鬧市區的「井」咖啡館，剛喝第一口咖啡，忽聽店內音響播出一首蕭邦的馬祖卡。

第幾號馬祖卡忘了。蕭邦馬祖卡都是若即若離的，外加「捕風捉影」的美——從進退搖晃的旋律裡體會永恆的憂傷。直覺告訴我，彈琴的是個中年女鋼琴家，她喜歡濃郁的咖啡，每天早上咖啡的香味就像太陽一樣在她胸膛中升起。我從包裡把一本橘黃封面的書拿出來，翻看幾頁，又把它放回。女鋼琴家彈指如飛。我要見的人快來了。

那天我去會一個中學同學，她是寫紀實體小說的作家。之前她打電話到新加坡，約我回上海見個面，她想瞭解我爸爸生前的情況，「舊社會」和「新社會」的都要瞭解。我提早到了約定的「井」。她點的地方很前衛、很貴。

後來我們談得投機。期間我幾次想把橘黃封面的書拿出來給她看，幾次都打消了主意。書是浙江文藝出版社的《陸蠡散文全編》。陸蠡（1908-1942）是二三十年代的散文家、翻譯家，曾和巴金等一起主持「上海文化生活出版社」。抗戰時留守孤島維持出版運作。1942年，日軍抄查出版社，他前往交涉，遭日本憲兵隊拘捕殺害。1983年，中華人民共和國民政部批准他為革命烈士。爸爸曾告訴我，陸蠡是他的遠房叔叔。爸爸年輕時從浙江天臺鄉下來到大上海闖蕩，得到陸蠡資助，後因各自生活道路不同，斷了聯繫。爸爸說他一生最大遺憾是未讀過陸蠡的作品，「舊社會」他沒有收集陸蠡的書，「新社會」全國書店裡找不到陸蠡的書。這本《陸蠡散文全編》在爸爸去世十多年後的1995年初版，我來的路上逛進「季風書店」，偶然看到它，要不我也可能永遠和它失之交臂。

馬祖卡彈完了，接著是蕭邦的《升C小調圓舞曲》。琴聲為何那麼胸有成竹？自信心是人性的贗品啊。「你是否對你爸爸的經歷不以為然？」我的同學邊提問邊用小匙「丁當丁當」攪著喝空的咖啡杯。升C小調又稱「靈魂的飛舞」——靈魂丁當飛舞時，心何其空虛！

她到來前我讀到書的某一頁：「誠然我是天眷獨厚，數年來將幸福毫不關心地棄去了。懊悔的眼淚湧自我心底，我深怨自己的菲薄而懷詩人的忠厚。」——如果爸爸臨終聽到我朗讀這些老式句子，定會頓感欣慰和激動。

我很想把橘黃的詩意、把音樂中的「捕風捉影」與「靈魂飛舞」、把兩代人、三代人、世世代代人的遺憾和痛疚統統陳述出來。我沒有那樣做。我怕她那丁當作響的小匙將空氣中的音樂之聲弄得寧折不彎，而我也怕我的心性會因為傾訴而變得像加入到咖啡裡的糖份那樣柔弱無助、潛散無影啊。

不知什麼時候升C小調也停了。前人彈錯的音符，我們的後代不會再聽到。

（《聯合早報》副刊「四方八面」2017年9月29日）

十六、音樂遠離我們而去

整整十秒鐘的停頓。

莊嚴肅穆、空闊寂寥的教堂大廳內，幾十名黑衣黑褲的古典樂手神情專注、意念清靈。繼而，西貝柳斯《悲傷圓舞曲》（Valse triste）的旋律舒展凝緩地充滿整個空間和心緒——這是荷蘭皇家音樂廳管弦樂團在深情演奏他們的前任指揮馬里斯・楊松斯（Mariss Jansons, 1943-2019）最喜愛的樂曲之一，來沉痛悼念這位「樂壇榮譽教父」的與世長辭。

人間空濛，餘音繚繞，音樂彷彿漸漸地、漸漸地遠離執著於世俗瑣事的我們而去。

著名指揮大師馬里斯・楊松斯於2019年11月30日因急性心力衰竭在俄羅斯聖彼得堡他自己的家中去世，享年七十六歲。

舉世的古典音樂界悲痛無比。

其實，2019年早些時候，楊松斯在指揮維也納愛樂演出時曾倒在了指揮臺上，好在及時搶救了過來。之後他被迫取消了指揮巴伐利亞廣播交響樂團在卡內基音樂廳的演出。

因為可能的先天遺傳缺陷，或是天妒英才，大師的心臟一直有問題。1996年他也曾在挪威的奧斯陸與死神擦肩而過，當時他在指揮普契尼（Giacomo Puccini, 1858-1924）的歌劇《藝術家的生涯》最後一幕時，也是心臟病突發，倒在了指揮臺上。那時節，根據他的病情，美國外科醫生在他的胸口安裝了一個心臟起搏器。因此，他曾一度考慮退休，但是後來還是「放不下」，毅然重返他熱愛的指揮臺。

有人就讚揚他的那種「音樂不能停」的精神，但是我認為，對於這樣的已經高登殿堂的藝術聖者來說，我們已經無緣無德再能用「精神」兩字描述他們了。

逝者如斯，音樂遠離渺小又渺小的我們而去！

看了楊松斯2019年4月為巴伐利亞廣播交響樂團新樂季／新樂廳即將開幕所做的採訪視頻，深深為他崇高謙卑的人品所感動。談到音樂，他十四歲就開始在蘇聯的列寧格勒音樂學院學習指揮了，二十四歲在國外留學時獲著名指揮卡拉揚賞識，有機會作為受邀助理長期跟隨卡拉揚，可是卻因為當時的鐵幕政治環境的限制，他只能回去並繼續留在蘇聯——強悍的意識形態超越了「無足輕重」的純粹音樂，那樣的事情，想必給年輕的音樂家造成了莫大的內心痛楚；談及個人愛好，他先介紹了他養的那條狗，他自嘲說雖然那也許不屬於hobby，但顯然他把牠看作生活和家庭的一部分，由此及彼，可以看出大師認可「生命大同」的理念。他也回想起他早年喜愛打籃球，他是出生在里加（Riga）的拉脫維亞人，而籃球是拉脫維亞的「國球」嘛——合理的推論是，人生長途中，音樂讓他在某種意義上擺脫了「國籍」，然而音樂又讓他在另一層意義上更加回歸、更加看重自己的「國籍」，所以，他超越了又還沒有徹底超越某種「界限」；談到「世界觀」，他嚴肅指出，如果一個人整天被房間裡的「四座牆」圍牢，不關心外面的世界上正在發生的事，他就變成「被動的」、幾乎沒有了人生樂趣的人。哦，此所以，楊松斯指揮棒下的音樂總展現了溫暖清晰的洞察力。

甚至，死亡對於他來說，可能也是一種「人生樂趣」。

在那個採訪過程中，明顯看出，年老久病的楊松斯有點體力不支，神態疲憊，但是，在鏡頭面前，尤其是在那位如花似月的女主持旁邊，他由始至終在竭力捍衛一代文化大師的風範，也在小心維護一位智慧老者的尊嚴。無疑，整個過程中，他比她更是生動的榜樣，至少在我的心目中是這樣。

遺憾，那可能是大師最後一次接受採訪了。

從上世紀末到本世紀初，楊松斯逐漸成為西方樂團的指揮大腕。2003年，楊松斯擔任巴伐利亞廣播交響樂團的首席指揮。緊接著，2004年，楊松斯欣然接受阿姆斯特丹皇家音樂廳管弦樂團首席指揮的職務。直至那時，楊松斯成為了少有的同時擔任歐洲兩個頂級樂團首席指揮的指揮家。需要指出的是，其時「波羅的海三國」已經從蘇聯分離出來，作為來自「小地方」拉脫維亞的音樂家，獲得那份殊榮就更為難得。

那天，特意觀看了楊松斯最後一次指揮阿姆斯特丹皇家音樂廳管弦樂團的音樂會演奏片段，德沃夏克第九交響曲《自新大陸》的第四樂章，一樣地，分明覺得他有些力不從心了；然而，他在音樂的「最後階段」使勁用上了高高在上的心靈感應和召喚，來征服和排除那一切在音樂和靈魂「以下」的因素，使得演出效果格外地輝煌榮耀。看完，我眼中閃著淚光。

去年吧，英國著名的古典音樂網站《Bachtrack》公佈了一組全新的世界十大交響樂團及指揮家排名，這一榜單由全球各地的音樂評論家和發燒友記者投票選出。柏林愛樂樂團、荷蘭皇家音樂廳管弦樂團和維也納愛樂樂團無可爭議地排名前三，它們基本可劃為當今管弦樂團世界的第一陣營。在近年的幾個類似榜單中，世界性的三甲位置也被這三家樂團牢牢鎖定，只是先後順序略有不同——這樣的定局肯定包含了楊松斯不朽的「歷史功勞」。所以，在這張最新的榜單上，「備受尊敬的」馬里斯・揚頌斯排名第三，評論界稱之為「較無爭議」——相當含蓄的意思是，他應該排在更前。

人們常津津樂道楊松斯指揮下的樂團的傑出音色，特別是他指揮下的合唱團，更是有一種異常神聖的味道。聽一聽他指揮的合唱團演唱的一些宗教作品，比如安魂曲，音色空明而純潔，細膩而富於變化，煥發出奪目的色彩。

由此，我回憶起個人的一次偶遇經歷：前幾年跟團在波羅的海三國旅遊時，途中去一個拉脫維亞的教堂參觀，當地導遊，一位戴眼鏡的活潑女青年，對展出的文物和經卷，解說時如數家珍。休息時我和她閒聊道，我猜想她在大學裡學習歷史，她答，正是，她熱衷研究的是宗教史，特別是中東地區的宗教史。她興奮地告訴我，她不久後就要飛去以色列，要實地「考古」那裡的那些希伯來教堂文化。她的清新脫俗的求知欲，她的不可動搖的心靈虔誠，給我留下了深刻印象。此刻，當我寫到拉脫維亞指揮家楊松斯棒下的那些「宗教性合唱」的魅力，對照那位拉脫維亞女青年導遊剛剛起步的「心路歷程」的閃亮點，唏噓不已，真可謂是，什麼樣的地方，不管大小，註定了什麼樣的地傑人靈。

而歷數往事，曾經在「大國」度過了青春歲月的我，因而加倍悵然。前有古人，後有來者，世事洞然，音樂畢竟遠離庸俗淒切的我們而去。

（《聯合早報》副刊「名采」2020年3月16日）

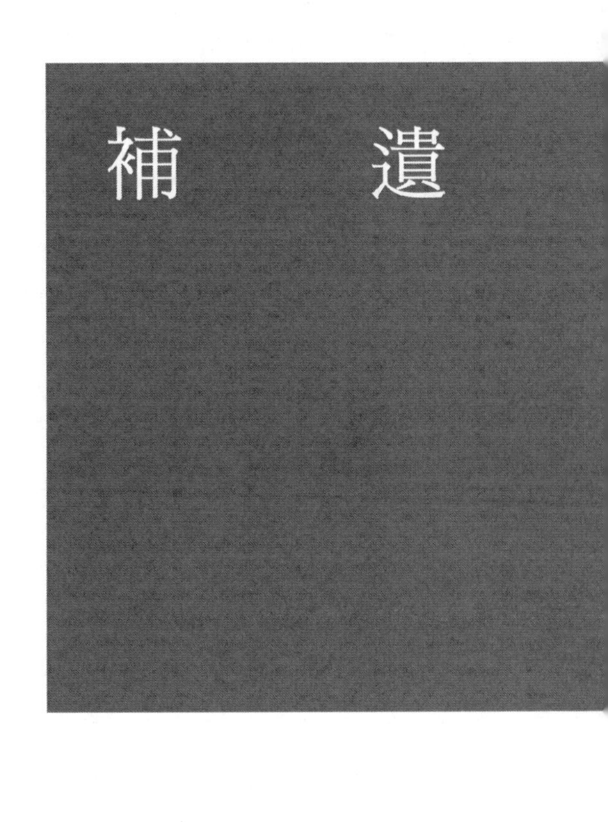
補　遺

得失之上

「得失之上」的意思，就是超越「得失之間」，凌駕「得失之外」。

孟子說過：「是故所欲有甚於生者，所惡有甚於死者。非獨賢者有是心也，人皆有之，賢者能勿喪耳。」——「得失之上」的尊卑和難易在此。

孟子所主張和提倡的「捨生取義」，恐怕是「得失之上」的最古老、最高尚的境界了吧。

讓我從一件記憶深處的事情說起。

文化大革命結束後的1976年，國家宣佈恢復高考制度。那時我正值中學畢業，聽到消息後，摩拳擦掌，躍躍欲試。

過後填寫報考志願，我徵求家長的意見。媽媽無所謂，說是能夠考上就好。爸爸卻是有態度的，堅決要求我報考理工科類的專業。可是我當時想要報考的是我喜愛的文科，比如中文系或歷史系，我把我的想法向爸爸表露，同他商量，以期得到他的諒解，但他固執己見，始終反對和否決我的報考志向。

爸爸出生於民國早年，從小在浙江的鄉村務農，還做過「放牛娃」。少年時由大家族內部接濟，接受過些許私塾教育。青年時隨鄉人結幫跑去上海灘闖蕩，先做工廠的學徒，同時上夜校刻苦攻讀新式學科，包括初等數學／物理和實用製圖／設計，不斷提升自我，後來機緣巧合而出人頭地，成為一家鐵工廠的廠主，兼管工廠的生產技術。

爸爸理所當然以他「自學成才」的學問和成就為傲，並殷切希冀「術業有專攻」的基因在家庭內部能代代相傳。我是他的小兒子，更被加倍寄予厚望，子曰，父在觀其志嘛。

新中國早期，爸爸經營的那家鐵工廠被「公私合營」收歸國有，所以，從實體意義上來說，我已經完全不可能接手爸爸創辦的那份產業了。不過另一方面，「公私合營」後爸爸被破格延用，繼續擔任技術廠長，在廠子技術問題上仍然一言九鼎，這種情形一直維持到文化大革命開始時他被打倒（文化大革命中他被革命群眾說成是「資產階級反動技術權威」，還很自鳴得意），就是說，他頭頂還有那麼一層相對牢固實質脆弱的技術光環。所以，退而求其次，我若能有出息，繼承他的專業衣缽，那依舊是他放不下的念想。然而江河日下，文化大革命十年，知識貶為糞土，爸爸自身的技術、學問無用武之地，整個國家社會的格局趨勢更是愈來愈極端反智，爸爸的念想一點點破滅，瀕臨絕望。我漸漸也對他的不識時務不以為然。

想不到時來運轉，我突然有了考大學求深造的機會，爸爸的念想也就跟著死灰復燃。對於我的「誤入歧途」想要報考修讀文科專業，他有些恨鐵不成鋼。不過，爸爸不像媽媽，絕對不會動輒發脾氣打罵不聽話、不服從的子女，他傾向施展軟的一手，訴諸於耐心平等的說服教育。

有天晚飯後，爸爸叫我在他面前站立，他自己則正襟危坐，苦口婆心陳述反對我填報文科志願的種種理由。他按捺下他的「私心」不表，只跟我講大道理，他大半輩子的滄桑閱歷所參透領悟的大道理：你瞧，「解放後」國家接二連三搞了那麼多的政治運動，運動中首當其衝最倒楣的那些人，那些著名的知識分子，那些被整得死去活來的大頭冤家，多是文科出身。學文科的最容易犯事，以前這樣，以前的以前（歷朝歷代）這樣，難保以後不會照樣這樣。學理工科嘛，則相對安全，不易犯政治錯誤，且有很大機會保證「有飯碗可端」，他之能在「解放後」繼續長期擔任技術廠長就是一個實例。再說下去，爸爸竟然把他在舊社會某個時期所推崇的「實業救國」那一套也翻出來炒冷飯了。可謂曉之以理，動之以情……

說了半天，看我依然吞吞吐吐猶豫不決，爸爸憤然，他忽而靈機一動，壓上「最後一根稻草」：「你忘記你小時候我給你仔細講過的那支金筆了？金筆所包含和呈現的所有的道理和奧妙，你永遠不想弄懂了？」

這下打中了要害，我渾身一震：金筆！

內心恍如猛地打開了閘門，頓時思潮翻湧。

我至今總還會時不時回憶起半個世紀前我們家「曾經擁有」的一支金筆。

那是一支老式的派克（Parker）金筆，很早的從前，上海商界的一位朋友把它作為禮物送給我爸爸。很早的從前，指的是「解放前」的舊中國。我懂事時，早已是「解放後」的新中國了。在風雨如晦的成長過程中，那支派克金筆像一根小小的魔棒，屢屢給予我有益有趣的啟迪；春暉寸草，那其中也透露了爸爸媽媽家庭教育的用心良苦。

在我「粗通文墨」認字寫字的起步階段，爸爸就寄意於物，因勢利導，反覆向我灌輸不同程度的科學觀念和應用理論，那是「反潮流」的舉動，因為那時社會上大肆宣揚的教條是「知識愈多愈反動」。

派克金筆很好用，由爸爸揭示和解說的幾個特性，讓小小年紀的我耳目一新。

一，金筆的筆桿是空心的，旋開頂上筆帽，看得見內部有個透明膠囊，用於儲存墨水。墨水用完了，膠囊就變成空空如也的氣囊，此時將突出頂端的一根泵柱輕輕往下一按，排擠出膠囊內的空氣，同時按住泵柱，把筆尖浸入墨水瓶中，然後放鬆手指，泵柱慢慢彈回，大氣壓力使得筆尖產生抽吸作用，膠囊就重新充滿墨水。我起勁而笨拙地玩弄那套裝置，頗覺神奇，爸爸對我解釋，這相當於一套精緻小巧的「氣壓系統」。二，金筆寫字時，墨水是從膠囊通過十分細小的管道滲入到筆尖（同樣的管道也「反向」用於前面所述的抽取墨水），再由筆尖適當接觸紙張，墨蹟隨筆尖傾瀉劃動，在紙面上形成線條流暢的文字。印象中，長久頻繁的書寫使用，金筆的出水效果一直很順暢又很節制，從未發生過墨水在筆尖堵住寫不了字（要知道那時國產墨水品質一般，粘度等指標不一定合適，甚而難免含有細微雜質），或是筆尖冒出過多墨水導致字面沾染的事。爸爸說道，這裡邊的管道閥門過濾密封導引等的設計製造，又跟「流體定律」有關。三，金筆青黃色的空心筆桿，外徑不到一釐米，壁厚僅幾毫米，卻很結實。爸爸「吹噓」說，這中空筆桿，人手使上再大力氣也掰不斷它。我聽後將信將疑，有次家裡只有我，我就拿金筆做了冒險試驗，心想真掰斷了也怪爸爸信口開河，結果雙手用了吃奶的勁也沒有把它掰斷。後來爸爸似乎知道我私底下試過了，不說破而已，只笑嘻嘻指出，筆桿選用的堅固材料很重要，而筆桿中空斷面的幾何形狀也有講究，這涉及「材料力學」。四，金筆，金筆，顧名思義，它的筆尖應該是金子做的。爸爸告訴我，是合金材料，比如銥金做的。金筆的筆尖不管金子含量多少，不管合金成分怎樣配比，反正非常耐磨，用了許多年，寫出來的字跡照樣挺括細膩，抗磨損的歲月無疑是「金子般的」歲月。爸爸說，相關的課題叫「金屬材料」（包括材料塗層）。五，……

喲，一支「不起眼」的金筆，卻林林總總，內藏乾坤，包羅萬象！

實際上，爸爸教導我以上諸多的密法機杼，涵蓋了我的小學和初中階段。名目是強記下了，可是要理解那些彎彎繞繞的深奧內容，於我差不多是對牛彈琴。哪怕我中學裡學了所謂的物理（文化大革命中，物理課目改稱「工業基礎」），仍然似懂非懂。但是，他老人家苦心孤詣在我懵懂的頭腦中所建構的「先入為主」的基礎框架，卻肯定對我以後怎樣走向我的人生道路產生了潛移默化的巨大影響。

爸爸頭腦中儲藏的「機械設計」和「機械原理」等學科知識是靠在舊社會艱辛的半工半讀獲得的，他再將學到的東西與他的工業實踐緊密結合，加以融會貫通，取得扎實成果，是為白手起家學以致用／致富的典型案例和代表人物。此所以他能夠對派克金筆的內部構造和運作原理興趣盎然，如數家珍。那位送他金筆的朋友也必定是投其所好的業內知音。

而爸爸從小就對我不厭其煩地進行學術「洗腦」，除了他的慣性思維作怪，無非是想預防我追隨「文盲」和「白卷」思潮，而要我做個有文化有知識的人；另外的隱衷，就是前面說到的，可能是癡心妄想，要我這個小兒子將來有一天能夠全盤承接他的「事業遺產」吧。

爸爸拿金筆敲警鐘的策略奏效，我欣然聽從爸爸的勸導，報考了理工科專業，結果被上海一所著名大學的「機械工程系」錄取。我把錄取通知書拿回家那天，爸爸喜笑顏開，數十年積怨一掃而空，頓感揚眉吐氣。

如今我回顧反思，在新舊中國皆然，爸爸這樣「理工科出身」的過來人，尤其包括比他資歷更大牌正宗、學問更博大精深、地位更顯貴榮耀的許許多多智者行家，大多對科學／理性懷有相當執著和堅貞的信念；然而顯而易見地，也遺憾地帶有強烈的「物化」色彩，以及未免在行為邏輯上很有些迂腐幼稚。

說回我自己，讀大學本科的「機械工程」專業，「氣壓／液壓系統」、「流體靜力／動力學」、「金屬材料／材料力學」等都是必修課目，我終於在四年的學習中把它們的精髓、要義統統搞明白了一遍。可以說，對那支金筆的裡裡外外、枝枝節節，我終於能夠了然於胸，也終於能夠在抽象情節上感到釋懷了——其時它已經不告而別離開我們好多年了。

歸根結底，要感謝那支金筆，在那枯燥貧乏的悠悠歲月，它甘願做了爸爸的實證附庸，也真心做了我的青春「筆友」，給了少年的我追求知識探索無限改變人生的原始動力和直觀啟蒙。

至於我那時是選擇了理工科還是文科，我以後慢慢覺得，若從整個人生過程來衡量，得焉？失乎？殊難把握和定論。

最為重要的是，得失之上，總有更崇高的真理。

當我在這篇文章開首寫下題目時，心裡頭是有重點的，更有痛點。

我想說的是，那支金筆本身的故事和結局，是對「得失之上」這寥寥數字的最好的延伸闡釋。

這是因為，在世道、家道最艱難低落的日子裡，金筆以它所展示的獨特的「自身價值」，別具一格，使得小小年紀的我能夠在心氣、趣味和意識上自主自明，避免了與氾濫成災的愚昧和凶暴，以及自甘墮落的平庸和粗俗同流合汙。

那也就附帶要提到媽媽的現身說法了。

文化大革命初期，生計所迫，我們差點失去那支派克金筆。

那時，爸爸作為階級鬥爭對象，受到工廠造反隊衝擊。造反隊的鬥爭政策和脅迫手段高度地身心結合，不但把爸爸下放去了廠裡的「木工間」做了一名普通工匠，而且強行把爸爸的工資扣除百分之七十以上，實施株連家屬的「經濟制裁」。

爸爸是工廠的技術官僚，家務一竅不通，慣於袖手旁觀。家政是媽媽這個「家庭婦女」的事。面對日常開銷捉襟見肘，媽媽迫不得已，隔三岔五要去舊貨商店典當變賣各種物品。

典當變賣有兩種辦法，一是立刻兌現，通常賣得的錢比較少，通俗講打的折扣比較大。另一是寄賣，東西先給店裡，店裡訂個價放在那兒賣，啥時賣掉，啥時通知取錢。寄賣打的折扣小（「損耗」小），套現比較多，但是必須等上一段時間才能拿錢，等的時間長了就不能應急。等待時間長短，取決於物品的身價和行情。

那段日子我陪同媽媽跑遍了市中心的各家舊貨商店（變賣

也常常要「貨比三家」），記憶中做估價工作的營業員大多是一些上了年紀的男子，他們的眼力和手上功夫十分了得，倒又頗具同情心，一看見成色好、品質佳的東西，便會好言勸說媽媽稍微有點耐心，選擇寄賣，說是很快會賣掉的。事實上也是，東西放店裡，一般不超過一個星期就會收到取錢通知。出貨快捷帶來的「副作用」是，激起媽媽的懷舊虛榮，她會關起門來嘮叨：「你父親那條褲子的全毛花呢料子是『老介福』買的，多麼厚實！」「我那件對襟絲棉綢襖以前是『鴻翔』定製的，做工無可挑剔！……」她的語氣帶著酸薄的炫耀和頹廢的傷心，結尾則是那句看破紅塵的總結語：「唉，社會上有很多人是識貨的。」

喏，「不以物喜，不以己悲」這樣的訓誡，真不是社會底層受窮遭難的凡夫俗子可以說到做到的。

有次家裡急等現錢繳付稍許逾期的煤氣費，否則要面對煤氣公司動真格來人封掉家中煤氣管道的後果。像樣的衣物等已變賣殆盡，走投無路之際，媽媽想到要把那支派克金筆「充數」拿了去賣。當時，我已經習慣使用金筆寫小楷作業，寫作文，寫「紅色日記」，更寫大批判文章，用得很得心應手、靈犀相通，所以就竭力反對媽媽的決定。我哭訴道，我要是同意「放水」，那豈不是出賣親密貼切的夥伴和朋友？但是，事到臨頭，印證了媽媽掛在嘴上的口頭禪，「一文錢難死英雄漢」，她這個當家人別無選擇，只能力陳利弊勸我忍痛割愛，我也只能含淚應允。那回我失魂落魄的，也沒有如平常那樣陪同媽媽去寄賣商店。

因為急用，沒有寄賣而是要的現款，想不到狀況良好的

「小傢伙」還蠻值錢的，賣得的錢足以支付煤氣費還略有結餘。繳付了煤氣費的當天，也許是受了我惡劣情緒的不良影響，媽媽忍無可忍又跑去福建路上那家舊貨商店大堂，趁人不注意賊溜溜瞄一瞄，玻璃櫃檯裡果然放著那支金筆，它已經被整舊如新，標價竟是她拿到的現款的兩倍還多，她因而感到那支金筆格外地熠熠生輝。她十分懊惱地回家，當著我的面罵道，那家店心狠手辣啊！那也可能是利用同理心來安慰我。恰巧那天哥哥就讀的中專發了一筆小額津貼，晚上回到家如數交給了媽媽，她咬咬牙再去問隔壁鄰居借「高利貸」湊了個數，隔天一早屁顛顛坐電車跑去等開門，把那支金筆又買了回來。她手捧失而復得的金筆，進屋時的表情是何等的心滿意足，甚至懷有一絲反敗為勝的傲慢！

我也為媽媽的舉動驚呆。

媽媽煞有介事地把我叫去，鄭重將金筆「歸還」給我，並輕聲說：「媽媽見到你那麼心疼在意這支金筆，我不得已賣掉它的時候，感到實在對不起你！今後望你好好善待它，並要引以為戒，懂得做人要有骨氣、要有決斷！任何錢財珠寶，只是身外之物，過眼雲煙。唯獨你自己心儀的東西，你一根筋認準了的東西，才是『價值連城』的，才是不可輕易放棄的！媽媽向你起誓，以後再也不會打這支金筆的主意了。」

人的價值，非要通過事物的價值才能體現和體會，這理解起來有點難，也有點功利。

我默默地點點頭，收下了金筆，也收下了，並且勉強認同了，這「得失之上」第一課的平鋪直敘。我長大後回想，媽媽的說法顯得虛無，尤其是在那種情形下，可是不虛偽。

遭逢亂世，乃至陷入世事輪回，守住個人的心理底線不易，而畢竟只有我們自己的良心和良知才具備真正「識貨」的潛能。

這件事，爸爸從頭至尾不動聲色。「物是人非」的荒謬是否如麻利的筆尖深深戳痛了他的心肝肺腑，我不得而知。但是有一點是肯定的：那時節，他的空洞的內心已經不再存有任何「禮物」的概念了。

然而，命運多舛，文化大革命後期，那支金筆還是丟失了，被我丟失的。

1967年，我的哥哥中專畢業，被分配去了大西北的一家國營工廠做工人。他們的畢業分配恰在席捲全國的知識青年「上山下鄉」運動開始前完成，得以倖免「一片紅」，就是全國所有各類學校的畢業生一律被送去各地的農村、農場。比起當農民，在落後貧瘠的土地上花大力氣掙可憐的工分，能在城市工廠每月拿固定工資，自是可遇不可求的「好運」。

但是，哥哥才二十歲出頭，從上海這樣生活慣了的沿海大城市去到閉塞的邊陲小地方，還是會有很多不適應和挫折感。他給家裡的來信大體上「風平浪靜」，要爸爸媽媽放心，表示他能夠克服各種各樣的艱難困苦。爸爸對哥哥的處境並沒有顯得過分擔憂，他認為年輕人吃些苦頭不值得矯情。媽媽卻從字裡行間讀出了抱怨和申訴，屢屢表示心中很「捨不得」：明擺著的，青春期的哥哥遭遇的艱難困苦需要他自己去「努力克服」，同時也期望大後方的老家全力支援。家裡子女只有我們哥倆，兄弟之情濃厚，我也對唯一的哥哥在遠方的困難處境牽腸掛肚的。

聊以補救的辦法是定期給哥哥郵寄一些包裹，裡面是我們省吃儉用攢下的日常用品，更多的是食品。哥哥工作後，每月把工資的一小部分寄給媽媽做「保留花費」，基本上都補貼在這些包裹內容上了。

七十年代某天，我和媽媽去郵電支局寄包裹，那會兒我大概是中學三年級的學生吧。

郵電支局機構小，郵寄包裹的程序卻制定得非常繁瑣、非常衙門：我們要先去中心櫃檯領取印好的連體表格，分門別類詳細填寫；填寫好的表格和還未縫上封口的包裹一起，去遞給第一分櫃檯的營業員，營業員打開包裹，參照表格上填的專案仔細檢查一遍，核實無誤亦無違禁品，就在表格上敲一個章，吩咐你去邊上把包裹縫上（一旁有人監看，以防你夾塞什麼東西）；縫完包裹後去第二分櫃檯稱包裹重量，按照重量和地區單價算出總價，然後付錢，付完錢，表格上又得到第二個章；這還沒有完，我們得拿著稱了重的包裹和有了兩個章的表格，到第三分櫃檯交上它們，那裡的營業員收下包裹後摸摸這裡、敲敲那裡，再次進行裝模作樣的核准，之後把包裹放入專門的郵政大口袋，再在表格上敲下第三個章。表格有三個章的上面一張郵局收存，下面複寫紙複印的那張撕下來交回我們作為收據。一個中心櫃檯幾個分櫃檯轉圈跑下來，才算辦理完畢，夠勁給力。

我和媽媽分工，我填寫表格，媽媽縫包裹。郵局不提供填寫表格的筆，我自帶的就是那支用舊了、用順手了的派克金筆。我們家經歷了種種「筆墨」難以形容的外患內憂，那支金筆還倖存著，還不時握在我的手中，不啻是奇蹟也是緣分。可是，那天它也註定「滿報」了，要「捨近求遠」離開我們了。

我埋首在郵局桌子上用心填寫表格將近完事的當兒，看見一個面目和善的老太太站在旁邊，欲言又止的樣子。我以為她想要我幫她寫信，就用眼光詢問她。不料她指了指拎在手上的包袱和表格，說她也是來給身在邊疆的兒子寄包裹，忘了帶筆，看到我快填完了，所以等候著，想問我借筆一用。雖然媽媽先前叮囑過我，要我保管好這支「金貴的」筆，防止別人偷去也不要借給別人；但是，老太太和媽媽同樣地對遠離身邊的兒子的一片「捨不得」的苦心打動了我，而且她孤身前來，「獨生兒子」可能上山下鄉在偏僻山村，條件比哥哥更不堪更「作孽」，我就沒有猶豫，把筆借給了她。她馬上坐在我讓出的位子上，哆哆嗦嗦填寫起表格，一時三刻也填不完。我便拿著填好的表格，前去和媽媽會合，輪番跑幾個分櫃檯走過場。走去第一分櫃檯的途中，我還回過頭望了不遠處的老太太一眼，她正低頭伏在那兒，專心致志對付紙面上橫豎交叉的細節內容，嘴裡在深切唸叨著又像是費力咀嚼著什麼。我為我竟對這樣一幅人倫至情的畫面起疑心而感到羞愧和過意不去。等我和媽媽辦完郵寄手續回到那張桌子邊，老太太和那支金筆都已不見蹤影。我急忙追出郵局，晚了，物我兩空。

從小到大，爸爸對我一向比較寬容甚至縱容，那次填報高考志願的事是例外，媽媽對我的管教卻從來嚴格嚴厲。當場我想，這件失職丟物的事，我要挨打受罵了。但是這次媽媽居然沒有發脾氣，只是心平氣和地說了兩個字：「算了」。對待這事她似乎有一種大局觀，為了社會整體性的禮崩樂壞而憤世嫉俗，不僅徒勞，也顯得個人心胸狹窄。她也許又早有預感，這支「舊中國」裡別人一本正經贈送給爸爸的禮物，終歸會在「新中國」的哪天功成身退地離別我們，這裡面包含了大量的長遠的顛顛倒倒的因果背景，而由「物我兩空」達致「物我兩忘」，正是理想的結局。爸爸處事十分認真務實，相對而言媽媽有時很超然物外，女性更具備「文科」的素質。

媽媽的息事寧人反而使我感到這次犯了個重大的錯誤，原諒是最苛刻的懲罰。

「我沒有想到那個老太婆會……」我對媽媽懊惱地咕噥。

「沒有想到她會拿走你的筆？」媽媽問。

「不是。我沒有想到她會知道那支筆很『值錢』。」我強調。

「喔，社會上有很多人是識貨的。」媽媽再次嚴肅地老調重彈。

然後，媽媽還補充了一句意味深長的話，跟她上次向我闡述的意思有連貫性辯證性：「你心儀的東西，不一定能一輩子保住。發生了這樣的事，你倒是不能一根筋。」

「得失之上」的又一課！這一課超脫了功利。

唔，金筆丟失了，可是我感覺，人生第一次的深切感覺，竟然有所得到。金筆以它「約定的」慷慨赴義，成全了少年的我，我在患得患失的意義上開始成熟了。

以後我每每想起同那支金筆有關的往事，始終難以領會貫通這當中的不可思議：世間的「人格」和「物象」，是如此緊密地互相對照互相呼應的！

是否又如此永久地無法分拆，哪怕物換星移？

那天郵寄包裹回家後，我對爸爸坦白了丟失金筆的事情。也許爸爸偶然心情好，他居然笑問：「你不是故意弄丟的吧？」我氣得乾瞪眼：「我怎麼會故意把它弄丟？是那個老太婆……」

爸爸擺擺手：「好了好了，丟了就丟了，那未必不是一樁好事。」

我很驚訝，這次爸爸和媽媽好像在合夥唱雙簧。

他老人家又若有所思地回憶：二十多年前，他的鐵工廠將要被「公私合營」了，他深感惶恐無助，就去徵詢一位高僧的意見。高僧開示他八個字：「推己及物，物各有主。」──「瞧，」爸爸開導說，「大到一家鐵工廠，小至一支金筆，道理是一樣的平常。」

這段話我沒有聽懂，或者沒有完全聽懂，爸爸也沒有進一步解釋。那種時局裡，彷彿他暗自思忖，我成年後再去懂得不遲。

這是不是「得失之上」的經典版本？

嘿，它還有「終極版本」呢。

爸爸接著說道：「你知道的，這支金筆，是一位朋友以前送給我的。」我喃喃：「嗯？」

爸爸往下感歎：「我那位朋友的身世曲折離奇，而它，這支金筆，曾經和我朋友形影不離幾十載，甚至還救過『主人』的性命。要說這金筆的『上一輩子』，它也有一段不平凡的經歷呀。」

見我愣住，爸爸神祕兮兮地問：「你想不想聽聽這支金筆詳細的來龍去脈？」

我脫口而出：「當然想聽。」

於是，爸爸對我娓娓道來……

（《新語絲》月刊2022年6月號，
獲「第十六屆新語絲網路文學獎」三等獎）

我的閱讀停留在那兒

我手上捧著一本大部頭的長篇小說，阿根廷作家胡里奧・科塔薩爾（Julio Cortazar, 1914-1984）的《跳房子》，由孫家孟（1934-2013）翻譯，雲南人民出版社1996年出版發行。

這本書是我前幾天從書房靠窗書架的上一排位置抽出來的，藍白相間的封面上已經沾染了一些灰塵，翻開書頁的時候，彷彿聽見文字和標點都在齊聲歎息。我的心情隨之愈加沉重起來。

書籤夾著的那一頁，空白處的小字顯示，這本書上一回的閱讀停留在2002年2月，將近二十年前了，而更早的最初閱讀始於1998年8月……。歲月在尖刻地嘲弄我的遲緩和懈怠。

讀過的某一頁上，有鉛筆劃下的句子，觸目驚心：「我們真正的面孔都是長在後腦勺上的，眼睛絕望地看著後面。」

這本《跳房子》，我是在新加坡市區中心橋北路上的「草根書室」買的，大概是跟最初的閱讀差不多的時間，1998年8月或者7月。

那時我移民來到新加坡幾年了，已經成為新公民。另外，我也陸續在新加坡的報章刊物發表了一些小說和散文，有點「自得」。我從《聯合早報》的推介中得知，本地著名華文作家英培安（1947-2021）先生在某地經營著一家個體中文書店，叫「草根書室」，引進不少文藝類的中文好書。作為一個愛好寫作的新手，某天我就前往一探究竟。

那次探訪所得到的印象頗為奇特，至今記憶猶新。一是，雖說地處鬧市，可是書店所在的那座商場大樓燈光昏暗、景象淒涼，商店不多，生意也都不好；上下樓的自動扶梯，好像電力不足似的在勉強運轉。二是，坐落於二樓（還是三樓）轉角處的「草根書室」面積不大，整潔冷清，迴旋空間略顯侷促，我進去後發現只有我一個顧客，立刻就有「被關單人禁閉」的感覺；三是，書店「老闆」英培安先生穿著一件淺色的短袖襯衫，安靜地端坐在門口小方桌後的一張椅子上，專心致志地讀著一本書，對周遭書店內外的環境變動和人員進出基本上沒有反應。

當時的聯想：一位淡泊儒雅、飽讀詩書的文化長者，很像某座偏僻清淨的日本小寺廟裡的得道高僧。

後來我讀到，現在讓我不妨引用，《跳房子》裡的又一段句子，很貼合我那時看到的情景，以及內心產生的想法：「孤獨歸根結底不過是某種範圍內的孤獨。」

「草根書室」裡的書的確琳琅滿目、種類齊全。我花了大約半小時逛了逛，最終選了這本聽聞已久、與加西亞・瑪律克斯（Gabriel García Márquez, 1927-2014）的《百年孤獨》齊名的南美巨著《跳房子》。我拿了書走回門口，把它放到那張小方桌上，準備付錢。這時英先生才略微抬起臉來，沒看我，只看了一下書，輕柔地嘟噥了一聲：「哦，《跳房子》。」

那是那次我和先生的全部「對話」。

幾乎像是內功和腹語。

對我來說，那聲充滿智性的招呼「哦……」，來自我所崇拜的文學前輩，直達我的視聽和胸襟，就足夠了。而對於先生，我這個「初出道」的陌生小子又何敢隨意打擾他那深入自我的寂寥和高遠？

後來我還去過幾次「草根書室」。

記得有一次店堂裡有三三兩兩的顧客，英先生還是坐在門口小方桌後的椅子上，正和一位隔著桌子坐在他對面的中年男子「高談闊論」，兩人顯然熟識，談話內容敞開坦白、無所顧忌。談話聲飄進我耳朵，他們是在評議一則剛在本地發酵的「政治新聞」，牽涉到某個執政黨的重量級人物。也許情緒有些激動，英先生的音調中氣充沛，句句針砭，字字仗義，他也不避諱旁人「偷聽」。不管怎樣，他說的話有條有理。

我又對他增添了一份好感：一位嫉惡如仇、剛正不阿的知識分子。

綜合起來，我記憶中，在這片小小的熱帶天穹下，某個高尚的靈魂「躲進小樓」，昂然執著地保持著一款生命體現：窮則獨善其身，達則兼濟天下！

英培安先生於2021年1月10日因病去世，享年七十四歲。

他自上世紀六十年代讀中學時便開始寫作，不但是華文文學創作的多面手，也熱衷於辦雜誌、開書店。他對文化事業的身體力行，已經讓他化身為新加坡的一個特殊的文化符號，其意義甚至超出了華文文學界。

《聯合早報》於1月12日發表了悼念社論，〈尋找下一個英培安〉，其中提到：「英培安的一生見證了新加坡反殖民和獨立建國的政治鬥爭、教育文化政策的劇烈變革、社會語言環境天翻地覆的轉化、人文面貌隨經濟繁榮發展的蛻變，他用自己敏銳的觀察力和細膩的文字，創作了一個個反映本地時代演進的可歌可泣的故事和有血有肉的人物，為新加坡的歷史和國人的集體記憶，留下了寶貴的文字紀錄與豐富想像。」

關於英培安先生的早年經歷，有一件事值得一提，也必定對於他的人生觀和寫作支點產生過重要影響：他在剛度過青年時期的三十一歲時，因涉嫌同情共產主義及左派運動，被當局援引《內部安全法》逮捕和單獨監禁四個月，隨後被有條件釋放。

出獄後的幾十年裡，他並沒有頹喪消沉，而是始終堅持文學寫作，持續發表了很多優秀作品。不記得是在哪一本書裡讀到過的描寫，很適合英先生的長久心態吧：「時至今日，我還在寫，這幾乎是我唯一擅長的反抗了。」

我要強調：他的多數作品的敘述傾向和情感內涵，若從官方曾長期持守的正宗觀點來審視，也許在很大程度上「政治不正確」，甚至「嚴重不正確」。但是，從上世紀八十年代到本世紀初，他卻多次獲得各項國家層級的大獎，創作藝術方面的貢獻得到高度肯定。這正如《聯合早報》的該篇社論所指出的，這種現象「折射出作家和體制之間從對立到和解的曲折過程」。

這一則「強大政府」與「弱勢文人」之間的和解故事，對於我這樣的經歷過長期極權專制統治，從少年到青年一直在精神上彷徨迷失的所謂「移民精英」，自然會引發很多「遭遇際會」的內心感觸；而對於現今仍然處在全面的暴政高壓下、整體性的要麼噤若寒蟬、要麼鸚鵡學舌的所謂「知識群體」，其所揭示的社會政治生態良性發展的前因後果，不啻也是一個客觀而痛徹的參照。

再後來由於種種原因，我很少乃至不去「草根書室」了。

不過，那麼多年來，我始終極為關注跟英先生有關的消息和報導，其中最令我欽佩的，是他歷時十數年創作完成了七部優秀的長篇小說。

英先生在2007年被診斷出罹患第四期前列腺癌，無法動手術，但是他依然筆耕不輟，一邊接受治療，艱難地與癌症抗爭，一邊嘔心瀝血致力於完成他的代表作、二十五萬字的長篇小說《畫室》。《畫室》獲《亞洲週刊》選為2011年中文十大小說，2012年獲得新加坡文學獎，2013年10月出版義大利文譯本，2014年出版英文譯本。2017年改編成舞臺劇，作為該年新加坡國際藝術節的開幕演出。

這個世界常常「好人無好命」，近年英先生又先後被大腸癌和胰臟癌等病魔凶狠折磨，可是，這個體弱多病的老人，堅持實踐「生命不息，戰鬥不止」的崇高信念，繼《畫室》之後，還奮力完成了長篇小說《戲服》（獲《亞洲週刊》選為2015年十大中文小說），2019年出版了最後一部長篇小說《黃昏的顏色》，隨後，詩集《石頭》於2020年問世，後兩部作品都獲選「早報書選」。

彪炳垂範，在戰勝命運的漫長過程中，他的生存火花燃燒得是何等自律、頑強和壯觀！

我先後讀過先生的長篇《騷動》、《我與我自己的兩三事》和《畫室》等，毫無疑問，它們以出色的文字敘述，記錄和反映了東南亞地區諸國的大跨度時代以及豐富多變的人情、人物。

前幾年我也曾閱讀先生的短篇小說集《不存在的情人》，在當時的讀書筆記裡，我寫下了幾條感受：

1、早期七八十年代的作品充滿「學生味」，有嚼勁。

2、很多作品中的「情節」有時候會趨於極端，往往流露出比較濃厚的「意識形態」的含義。

3、強烈的「意識形態」會多少影響作品的文學性，但是這也恰恰可能是作者所堅持的一項「創作的傾向性實驗」，特別是他近年連續完成的幾部長篇小說，細細體會，前前後後，始終有一條控制結構的意識主線。換句話說，好的小說家必須擁有意識形態。

英先生生前身後，新馬港臺的許多評論和紀念文章都推崇他是個鳳毛麟角的「異數」，在物質主義盛行／將金錢和地位奉為圭臬的當今社會，他全職全身心投入無利可圖的文學創作，親力親為長期虧損的文藝書店，殫精竭慮提攜鼓勵文學青年後輩，……幾乎傾一己之力，建造了城市島嶼上一座不同凡響的人文豐碑。

能否好好地理解先生？不禁又想到了《跳房子》裡呈現的結論：「完美的逃跑主義者都是幸福的。」

那本《跳房子》，總共七百多頁，按照導言的提示，它可以順著讀，也可以循某種次序跳著讀。我順著讀，唯讀了近二百頁，遠遠沒有讀完，而且那是二十年前的事了。與其伴隨的生活節奏是，從差不多二十年前起，有近十年，因為「脫不開身子」，我停止了寫作。我早先的那份「自得」是多麼蒼白淺薄！

最近看到英先生病逝的消息，我耳邊猛然迴蕩起很久以前的那一記輕聲細語「哦，《跳房子》。」真個是：「歸雲一去無蹤跡，何處是前期？」

我感到非常悲痛和慚愧。對不起，先生，你知道嗎？我的閱讀停留在那兒。

不過，先生，我會加緊努力，把這本書讀完，把許多本書讀完，把更多本書讀完。

（《書寫文學》2021年11月第10期）

活著

張藝謀的電影《活著》中營造的重點無疑是福貴一家人在1949年共產黨接管了中國大陸以後的遭遇。

例如他們僅有的一雙兒女，先後成了狂熱的群眾運動的犧牲品。悲慘結局，催人淚下。

但是，看過電影不禁想，那些在弄權政治下生活了幾十年的千千萬萬個中國普通老百姓家庭，他們不一定都有這樣撕心裂肺的生離死別，然而又是怎樣地活著呢？

我相信像我一樣經歷過漫長的風風雨雨的中國人，回憶起以往的生活，在內心深處總不免有一種強烈的傷痛和無奈。而這種感受卻往往並非來自戲劇性的變遷和悲劇，更多的倒是來自瑣碎的生活細節，瑣碎到有時很難講清到底發生了什麼。

沒有大悲大慟，卻真的是痛徹肺腑。

更重要的是，我們身不由己地作為那些生活的一部分，並未意識到其荒謬和愚昧，而是感到一切正常，或者可以說我們一直在做夢，沒有醒。也許恰恰是因為生活中缺少足夠撕心裂肺的事件使我們醒來。

活著最悲哀的是什麼？我想絕非是看得到的犧牲或是感覺得到的忍耐。是什麼呢？

有一次某個電視節目的主持人向現場觀眾問了同樣的問題。

有個觀眾答道：「最悲哀的莫過於不知道自己悲哀。」

（《聯合早報》副刊1994年8月24日）

醬油的精華

醬油是中國烹調中不可或缺的調料，在很多情況下，它不但使得菜為之「增色」，更為菜式加強了必要的底蘊。

我的同醬油有關的「烹調啟蒙教育」是從讀小學時經常喝的「醬油湯」開始的。那時我們住在中國上海的某條叫做「瑞源里」的弄堂裡，正值文化大革命初期，我們家受到衝擊，經濟來源被大筆削減，生活非常困難，常常月底了沒錢買菜，吃白飯時就權且做一碗醬油湯充數。說是充數，出身「富家」的媽媽還是相當講究的，碗裡要先放新鮮熬好的豬油，撮一點點細鹽，拌半調羹醬油，然後沖泡熱水，最後再在湯水表面撒上切碎的蔥花——這當中很重要的是醬油（否則怎麼叫「醬油湯」？），媽媽堅持一定要用「瑞源里」對面的佐料老店「大冬」零售的「一級紅醬油」。按照當時的物價參數，那「一級」要比稍差的「二級」和「三級」紅醬油每斤貴了不少錢，為此，我向媽媽提了幾次節儉開支的建議，但是，在這種小事情上，媽媽不願意做「等級」的遷就，我們喝的就一直是「一級醬油湯」。

那樣按照嚴格的程序製作的「醬油湯」，味道的確不錯，不過，當時小小年紀的我總擺脫不了那樣的想法，就我們家的經濟條件來說，「一級紅醬油」肯定是過分地奢侈。

如今走入中年的我回顧起來，才覺得媽媽很可能是想通過那樣的「醬油的事與醬油的方式」，來苦心積慮地告訴她的兒輩，處在任何嚴酷不公的社會大環境中，即便你的地位、你的前途、你的種種生活境況都被權勢、被群氓、被命運歸類貶低得很卑賤、很反面，你也要力所能及地為自己爭取一份執著，一份坦然，一份提升，一份嚮往。

後來我移居新加坡，每年總要回去看望媽媽。記得那時她已經九十多歲了，還住在上海的那條日益老舊的「瑞源里」弄堂裡。幾十年來她一直為全家人辛辛苦苦準備和操弄「媽媽的菜」，而當她老了，實在疲倦了，就再難每頓每餐親力親為了。但每次我從新加坡回去，她總要顫顫巍巍下到廚房弄一兩個我從小喜歡吃的菜讓我溫故知新。當然，現在的生活水準和從前是不能同日而語了，再不會喝醬油湯了，儘管我們有時候談起來蠻懷念的。有一次我回去，終於對她說：「媽你歇著，讓兒子做個菜孝敬你，你想吃什麼呢？」她想了想說：「不如嘗一碗燉蛋吧。」我說沒問題。接著我就精工細作如法炮製，我謹記從前媽媽教導的做燉蛋有三個要點：一是蛋一定要拿雙木筷（千萬別操塑膠傢伙）充分打勻；二是鹽少放，記著，「蛋」就是要「淡」；三是——老規矩——倒一點點上好的醬油「吊鮮味」。十幾分種後，被醬油烘托出來的表面略顯棕黃色的燉蛋完成了，媽媽喝了覺得很滿意、很舒坦。隨後她問：「你沒忘記放醬油吧？」我答：「你明知故問，放了，所以才能如此『完美』」。媽媽聽了若有所思地點點頭。放醬油——那不僅僅是我們家烹調實踐中特別強調的「意識形態」，更重要的，那成了我和媽媽的一個終身的約定——關於飲食起居，關於生命中的痛苦和理想，關於「老和孝」這樣的古老命題。

順便提一下，回到上海不喝醬油湯的另一個重要的原因是，「大冬」早就隨時代的「洪流」消失了，如今再也沒地方買到那種感覺的「一級紅醬油」了。

儘管社會上「超級」的東西比比皆是。

做那碗燉蛋用的醬油我也不敢造次，特意用了我從新加坡帶去的「大華醬油」——那是一碗「中新合資」的燉蛋。曾經看過新加坡報紙上的一篇報導，「大華醬油」的創始人年老退休後，每天清晨還要到醬油的製作工廠去，小心翼翼地從每個醬缸裡舀一小勺正釀著的醬油品嘗一遍，試看它們的成色、味道是否一如既往地讓他老人家心滿意足，一直到他去世的那一天，風雨不改。他也活了九十多歲。在這裡，作為「醬油」的醬油同樣延續了一種深刻地道的家傳精神和人生堅持。

甚至於，我覺得，在一種固有的烹調哲學中，醬油具備了它的思想和品格高度。

是啊，從小到大，到老，溫厚的醬油反覆滲透到我們流動著的血液中，早晚沉澱出對大人生的一份特殊的眷顧和關愛。現在，在四季如春如夏的南國家中，漱漱口，淨下心，閉上眼，坐在一張冰涼敦實的大理石飯桌前，想著某位素昧平生的、每天清晨能夠幸福地含醬香、醬味於口舌的老前輩，想著嘴角放任著含醬油的燉蛋洩露，而在衣服上留下痕跡、留下遙遠的念想的母親，「醬油」彷彿真的不由自主成了我們和「來生」、「永世」這樣發人深省的主題相聯繫的紐帶。「醬油」以它抵制激進並稍嫌中庸的「不老經驗」喃喃告訴我們，「味」幾乎是現世中與人類感官息息相關的、最接受又最抗拒死亡的東西了，一旦你「入了味」，當能自成境界。

醬油。開脫。老。味和入味。

還有恩寵——忽然間，所有這些關於「醬油」的故事讓我明白了事物的某種一成不變的崇高性，甚至是對於死亡的理解——就像一位年輕的日本詩人寫下的非常感性的詩句所表達的：「人能夠死，該是何等的恩寵啊。」

（《新華文學》2017年7月第87期）

紅領巾太紅了

那是上世紀六十年代，我在中國上海的「利民路小學」讀低年級，正值轟轟烈烈的文化大革命時期，我們小學生們年紀雖小，卻也受到政治運動的強烈感染和薰陶，個個都要在各方面力爭上游，叫做「人小志氣大」。尤其是政治上，更要表現好、表現「紅」，以期早日加入「紅小兵」組織，在脖頸處繫上一根莊嚴飄揚的紅領巾。

「好學生」們早早在一年級開學不久就成為紅小兵了，到了二年級，班級裡的大部分同學都紛紛帶上了紅領巾，興高采烈的、「不可一世」的都有。可是我卻仍然被排除在外，像個不受歡迎的異類。主要是因為我的家庭出身不好，我爸爸在「舊社會」是工廠主，屬於「剝削階級」，我是資本家的後代，在無產階級專政的天下，先天就有「政治缺陷」，「理所當然」遭到嚴格限制和督促。我們的班主任老師一馬當先，對我的歧視和壓制溢於言表。這位年輕貌美的女教師總是找我的毛病，嚴厲批評我，把我歸於後進。例如，我上課偶爾向旁邊的同學借一塊橡皮，被她看見，就數落我不守紀律課堂上隨便講話；輪到我值日打掃衛生，指責我偷懶，沒把黑板上的粉筆灰擦乾淨；有次我媽媽生病，早上我多做了一點家務，到學校遲到了幾分鐘，更是被她罰站「立壁角」，等等。我自認我各方面已經非常小心規矩了，尤其是我的各門功課在班級裡都名列前茅，可是沒用，別的各方面表現比我差得多，特別是有的門門功課都是下游的同學都紛紛成了紅小兵，我卻長期被放在「接受觀察」的預備名單內，似乎難有出頭之日，心裡很不服氣，醞釀著幼稚的苦悶。需要說明的是，那位班主任女老師自己的家庭出身也是「不好的」，但是奇怪的是，她對待我非但不同病相憐，卻是「相煎何急」。也可以理解，在人性扭曲甚至道德泯滅的年代，人人都傾向於變成非人，人人都自危，人人都要需要變本加厲向組織、向領袖表明忠誠之心、堅貞之情吧。兒童難以倖免，教師也深陷其中。

我沒有早日成為紅小兵，也使我遭遇了家庭內部的「威脅制裁」。我媽媽從小對我管教甚嚴，看到弄堂裡的鄰居小孩都趾高氣昂地帶著紅領巾進進出出，而自己的寶貝兒子脖子上始終空空蕩蕩的，她有點臉面受損，也有點氣急敗壞，在家裡幾乎天天責罵我，說我一定是在學校裡調皮搗蛋，惹得老師和組織痛恨嫌棄，所以才被列入「另冊」。我無言以對，一來如果我如實爭辯，說是家庭出身不好的原因造成我加入不了紅小兵隊伍，那會更加傷了媽媽的心，因為其時她也因為是資本家老婆而遭受革命群眾的衝擊和侮辱，兒子再有類似的委屈經歷，無異於在傷疤上撒鹽；二來我「捫心自問」，也的確不能保證，身心好動的我完全沒有在學校裡調皮搗蛋……

三年級了，有一天，班主任老師終於開恩，在一次班會上意外地宣佈我成了一名光榮的「紅小兵戰士」，我帶上了夢寐以求的紅領巾，雖然是遲來的恩典，我那個興奮勁頭、那個揚眉吐氣啊！

那天我整日價在學校裡魂不守舍的，放學後，本想早點趕回家，把好消息告訴媽媽，可是班級裡一位和我同一天帶上紅領巾的「落後分子」，還有另外一個班級的他的好朋友，兩人在下課後竭力拉攏縱容我和他們一起去附近的兒童公園盡情玩耍慶祝，還附帶贈送我彩色橡皮作為獎勵，我沒經受住誘惑，答應了。結果三人去公園裡忘乎所以地痛玩，弄得滿身滿臉的汙髒。直等到天黑了，我們才想到各自回家。我老晚回到家裡，媽媽看到隔壁我的同班同學早已回家，可左等右等不見我的蹤影，本來已經氣不打一處來，等到晚飯涼了，才見我回來，而且一臉一身，用她罵我的話來形容，「像剛從垃圾箱裡爬出來的」，不由得怒火中燒，立刻虎下面孔，就要劈頭蓋臉打罵交加。我爸爸在邊上朝我歎氣眨眼，說不上是恨鐵不成鋼，還是幸災樂禍。千鈞一髮之際，我趕忙把那條端莊鮮豔的新紅領巾從書包裡拿出來，頂在頭上作為「擋箭牌」。我媽媽一看那條「盼望已久」的紅領巾，明白了是怎麼回事，臉色馬上陰轉晴，給了我一個熱烈緊密的擁抱，把她自己的衣服也弄髒了，我爸爸也顏面露出喜色，還謔謔「奸笑」了一聲，我則破涕為笑，為小小年紀就急中生智化解了一場高度的家暴危機而有些自鳴得意。

那一刻，我不知道自己長大了沒有，也不知道自己會不會終究要長大。那條沉甸甸的紅領巾，在我心目中太紅了！

一轉眼這件事已經過去半個多世紀了。我從上海移民來到新加坡也將近三十年了。回想那時那事那情那節，依然感慨萬分。

我女兒九十年代隨我們移民過來後，上這裡的幼稚園K2，後來一路上本地的小學、中學、大學，國度體制不同，慶幸滿意的，她從來沒在學堂裡、在社會上遭受過我小時候甚至青年時期所遭受過的那樣種種的「政治磨難」。如今女兒又生了一個女兒，我做外公了，可以放心預計，在這片道德人倫和國家法制都相對健全的土地上，我的外孫女的人生歷程中，更再也不會去經受形形色色、奇奇怪怪、苦苦惱惱、邪邪惡惡的，來自強權強制的欺壓和折磨。

這是做人的尊嚴，這是心靈的幸福，值得謄寫，值得感恩。人的初心，無非就是愉快地長大，正常地生活，榮耀地追求。

（《新華文學》2021年8月第95期）

語言文學類　PG3046　秀文學58

雙子星

作　　者 / 陸思良
責任編輯 / 莊祐晴
圖文排版 / 許絜瑀
封面設計 / 張家碩

發 行 人 / 宋政坤
法律顧問 / 毛國樑　律師
出版發行 / 秀威資訊科技股份有限公司
114台北市內湖區瑞光路76巷65號1樓
電話：+886-2-2796-3638　傳真：+886-2-2796-1377
http://www.showwe.com.tw
劃撥帳號 / 19563868　戶名：秀威資訊科技股份有限公司
讀者服務信箱：service@showwe.com.tw
展售門市 / 國家書店（松江門市）
104台北市中山區松江路209號1樓
電話：+886-2-2518-0207　傳真：+886-2-2518-0778
網路訂購 / 秀威網路書店：https://store.showwe.tw
國家網路書店：https://www.govbooks.com.tw

2024年5月　BOD一版
定價：380元

讀者回函卡

國家圖書館出版品預行編目

雙子星 / 陸思良著. -- 一版. -- 臺北市 : 秀威資訊科技股份有限公司, 2024.05
面； 公分. -- (語言文學類 ; PG3046)(秀文學 ; 58)
BOD版
ISBN 978-626-7346-87-7(平裝)

855 113004563